W0413045

LE BAL DES CAGOLES

DU MÊME AUTEUR

Trois jours d'engatse (Fleuve Noir, 1995)
Filet garni (Fleuve Noir, 1996)
Pet de mouche et la princesse du désert (Fleuve Noir, 1997)
Allons au fond de l'apathie. Le Poulpe. (Baleine, 1998)
Tue-les, à chaque fois (Fleuve Noir, 1999)
Le successeur (Florent-Massot/Le Serpent à plumes, 1999)
Graine de courge (J'ai Lu, 2000)

PHILIPPE CARRESE

LE BAL DES CAGOLES

0.22963
CAR RP
Médiathèque de Guidel
13,57 €
SORTI DE L'INVENTAIRE

FLEUVE NOIR

Le Code de la propriété intellectuelle n'autorisant, aux termes de l'article L. 122-5, 2° et 3° a, d'une part, que les « copies ou reproductions strictement réservées à l'usage privé du copiste et non destinées à une utilisation collective » et, d'autre part, que les analyses et les courtes citations dans un but d'exemple ou d'illustration, « toute représentation ou reproduction intégrale ou partielle faite sans le consentement de l'auteur ou de ses ayants droit ou ayants cause est illicite » (art. L. 122-4).
Cette représentation ou reproduction, par quelque procédé que ce soit, constituerait donc une contrefaçon sanctionnée par les articles L. 335-2 et suivants du Code de la propriété intellectuelle.

© 2000, Éditions Fleuve Noir, département d'Havas Poche.

ISBN : 2-265-07049-1

Philippe Carrese est réalisateur et scénariste. Il est aussi un des acteurs du renouveau littéraire marseillais. *Trois jours d'engatse*, *Filet garni*, *Pet de mouche*, *Tue-les, à chaque fois* ont été publiés au Fleuve Noir. Il est également l'auteur de *Graine de courge* (J'ai Lu) et de *Le Successeur* (Florent-Massot/Le Serpent à plumes).

Une cagole ?…

Cagole : *spécialité marseillaise.* Gamine voyante et délurée, capable de parler gras tout en mâchant du chewing-gum et de garder l'équilibre tout en marchant sur des chaussures à semelles de trente centimètres d'épaisseur (aussi appelées « pilotis »). La cagole est la cible idéale de la mode clinquante à bon marché, des castings de top model dans les arrière-cours des bars de quartier et des beaux mâles bruns à gourmettes dorées, toison pectorale développée et bagnole à jantes larges (*machos typiques appelés aussi : « cake »*).

La cagole marseillaise peut avoir de deux à cent deux ans. Avant deux ans, on ne se rend pas bien compte à cause du manque de vocabulaire ; après cent deux ans, l'usage du chewing-gum est déconseillé.

Malgré les tentatives de désinformation de la bourgeoisie locale, on trouve la cagole dans tous les milieux sociaux. Seules quelques caractéristiques flagrantes changent en fonction des différentes tribus.

Sinon ?…

Cake : *autre spécialité marseillaise.* Beaux mâles séduisants (en tous les cas, eux en sont persuadés).

Calu : cinglé ou inconséquent ou taré. Plus péjoratif que le très usité « fada ».

Dégun : personne, le vide absolu.

Minot : gamin, quel que soit l'âge.

Vé-le : regarde-le, lui… mais oui, lui, là, ce minot calu qui se prend pour un cake et qui craint dégun !

Un grand merci à Frédéric Soulié et Miquèle Bramerie pour les dialogues des fifres, à Evelyne Ramirez et Sandra Tian pour les espagnolades, à mes copains de la rédaction de France 3 Ajaccio, à Sampiero Sanguinetti et Marie-Françoise Attard-Maraninchi pour les monophonies corses. *Pace e Salute !*

Philippe Carrese, juin 2000

1

— *Wohouhohouho... Toi, la bruise de ma vie... Hoooo un seul de tes regards m'anéantit... Hooo taride vestige, ta déclaration d'emballage...*

— Ti'es trop con, Fati'. Ti'as rien capté aux paroles. Alvina, elle chante : « *Ta déclaration sans ambages* ».

— Vé-la, elle ! Je m'en cague de tes paroles. C'est juste pour chanter que je chante… *Wouhooo...*

— Ça, j'ai bien compris que c'est juste pour chanter que tu chantes !

— *Wooohouho... taride vestige...*

— Attends, Fati' ! Alvina Stuart, elle chante : « *torride vertige…* » Je vais te les copier, les paroles d'Alvina, comme ça on pourra chanter en chœur toutes les deux.

— Mais vé-la, mademoiselle ! oh connasse, je t'ai pas attendue pour chanter moi-même.

— Et elle, non ? Elle veut chanter elle-même. Si tu

t'entendais toi-même ! Tu chantes trop trop faux, Fati'.

— Ho, tu t'es vue ? Parce que mademoiselle chante juste, peut-être ?… Pour qui elle se prend, celle-là ?

— Moi ? Je suis la future Céline Dion internationale du monde entier dans l'univers…

— Con de toi, va ! *Déclaration d'emballage, wohouho…*

— 'Ta mère, Fati' !

— Wohouhohouho… *Toi, la fureur de mes nuits, wohouho taride vestige…*

— Arrête de chanter, Fati' ! Je déconne pas cette fois. Arrête-toi pour de vrai… Vé ! Y'a ton frère !

— Putain, Akim ! S'il m'entend chanter, Akim, il me tue.

— Ton foulard, Fati' ! Vite ! Remets ton foulard, la con de tes morts, dépêche-toi…

AOÛT

!… ? Je… ?… !…

2

— *Pourquoi faut-il que je parte...*

— J'en sais rien, pourquoi il faut que tu partes, Félix.

— Mais, ho ! Moi non plus, lourd, j'en sais rien. C'est les paroles d'une chanson.

— Aaaaah ? Les paroles d'une chanson ? C'est des conneries, oui.

Deux vieilles olives flétries vont rouler au fond du camion. L'obèse bougonne. D'un geste mécanique, il saupoudre sa pâte crue de quelques grumeaux de farine. Félix trépigne :

— Vé-le, lui ! Ecoute-moi, lourd : c'est les paroles d'une chanson d'Alvina Stuart et c'est pas des conneries.

Le pizzaïolo obèse n'insiste pas, stoïque. Pas de polémique avec Félix, il est habitué. Ses mains grassouillettes pataugent dans la sauce tomate diluée.

— Oh Félix ? Je te fais une royale, c'est ça ?

— Ouais, lourd, une royale ! Ce soir, c'est fête. Une grosse royale avec beaucoup de fromage. La vieille a touché son RMI.

Le pizzaïolo disperse du râpé récupéré dans un seau d'une couleur douteuse rangé sur le plancher du camion. Il chantonne distraitement :

— *Ma ville tremble, ma ville est malade...*

Très vite, Félix se met à fredonner plus fort que lui :

— *... Et qu'à jamais l'amour l'amour que je t'ai abandonné et que tes mains sur mon corps... oui... oui... Wouhowouho... Chaque fois je crie je crie...*

L'obèse soupire :

— C'est bien ça, le problème, Félix. Chaque fois, tu cries. Tu devrais te retenir un peu.

Félix se retient. Un peu. Le silence dure dix secondes. Félix repart de plus belle :

— *... Dites-moi pourquoi il est comme ces chevaux qui fuient au galop. Je veux lui crier « Je t'aime »... à toi mais oui plus fort, plus fort...*

— Ho Félix ! Mon vié, maintenant ! Crie moins fort, va.

SEPTEMBRE

Ambiance tropicale… Chaud et humide.

Qu'est-ce que je fous là, à mariner dans mon jus ? Ballotté comme une bouteille sans message dans une mer déchaînée. Le bruit est assommant. Ça cogne fort, là dehors. Mais crier ne servirait à rien. De là où je suis, personne ne m'entend. Personne ne fait attention à moi. Pour l'instant.

Comment ai-je pu me retrouver à nouveau embarqué dans une histoire pareille. Je m'étais bien promis de ne jamais recommencer ! Une expérience catastrophique et interminable… M'y voilà replongé comme un bleu.

Merde !

Je te dis pas les gueules qu'ils vont tirer quand ils vont s'apercevoir que je suis là. Surprise ! Une grosse surprise, pour tout le monde. J'imagine bien l'air constipé des uns, les expressions radieuses et compassées des autres. J'entends d'ici les conseils avisés de ceux qui sont passés par là. J'attends déjà les conseils empressés de ceux qui n'ont jamais connu cette galère, persuadés de tout savoir sur le sujet. Sans retenue. Imbéciles. Seuls les humains déjà confrontés à ce bagne surréaliste peuvent saisir les monstrueuses difficultés à affronter.

Bon, positivons… Je vais passer un temps certain dans cette prison insupportable, c'est pas le moment de déprimer. Pas facile de pratiquer l'optimisme forcené avec un boucan pareil. Quel enfer sonore ! Habituellement, au début, les sensations sont beaucoup moins fortes ; ça doit y aller volontiers, les décibels, de l'autre côté. Ce bruit insoutenable va bien s'arrêter à un moment donné… C'est quoi, ce raffut ? Un déferlement de fréquences basses. Une pulsation infernale, des chocs d'une violence à rendre neurasthénique un bûcheron canadien.

Tiens, l'arbre a dû tomber et le bûcheron rentrer dans sa cabane, sa cabane au cadenas. Bien verrouillé comme cadenas ! Les coups de boutoir se sont calmés, l'environnement est moins agité. Une pause dans la tourmente. Je vais profiter de ce calme relatif pour faire un tour d'horizon. Ma situation n'est pas désespérée, la température ambiante tout à fait tolérable et la lumière n'est pas désagréable. Un brin sombre, mais dans des tons d'ocre et de rouge reposants… Toujours pareil. Au début, la lumière comme les sons ont tendance à s'afficher en flou artistique. Très très flou pour l'instant. Brouillard complet.

Reposant. C'est toujours ça. Cette sérénité ne va pas durer, je le sais !

Je suis déjà passé par cette expérience douloureuse. Combien de fois ? Dix, vingt ? J'ai du mal à me souvenir de la première, mes souvenirs se sont altérés au fil des passages. Ma mémoire est brouillée, ma vision aussi. Ha ! C'est reparti. Des éclairs à répétition m'entourent, atténués, voilés.

Atmosphère moite. Désespérément moite. Avec cet habituel mélange de drôles d'odeurs, ces émanations aigres et sirupeuses qui se baladent au gré des minutes qui passent. Mauvais temps pour les écureuils, le bûcheron canadien a terminé sa pause. Il vient d'attaquer un putain de mélèze costaud, les parois en tremblent.

— A la fin du medley Claude François, c'est à toi ! Tu devrais retourner dans les chiottes pour te remaquiller la gueule.

Félix n'a rien entendu. Elle est en transe, synchrone avec la musique, en sueur, les oreilles à moins d'un mètre de la sono assourdissante… *Les sirènes du port d'Alexandrie*… Une main velue s'agrippe à son bras menu. La grosse voix excédée lui parvient vaguement au milieu des braillements qui percent par les tweeters du gros baffle… *Alexandrie, Alexandra*…

— Putain, Félix ! Tu vas aller te repeindre ta tronche avant de passer sur scène, tu es minable… On te dirait une estrasse. Une folle échappée d'une asile psychiatrique ! Ho Félix ?

Félix s'en fout. Elle se dégage d'un geste brutal, essayant de s'éclipser pour rejoindre l'estrade. La gifle en réponse déboule aussitôt et l'envoie se cogner contre un poteau de la discothèque. Déséquilibrée, Félix bouscule un couple enlacé. Un verre d'alcool fort se répand sur la chemise d'un habitué bourré qui ne se rend compte de rien. Cherchant à tâtons dans l'obscurité entrelardée des flashes aveuglants du stroboscope, elle finit par se raccrocher au pilier de béton. Déco Disco. Elle s'appuie sur les petites facettes de miroir collées en mosaïque qui recouvrent tous les murs du Zodiaque. La gamine se redresse, une mèche rebelle sur l'œil. Elle essuie ses larmes d'un revers de manche.

Félix pleurait déjà avant. Avant la gifle.

La main velue la retourne comme une poupée de chiffon. Le regard allumé de cette brutasse de Léo plonge dans le sien. L'homme aux yeux injectés de sang surplombe Félix de sa taille de lutteur de kermesses agricoles. Ulcéré, Léo. La gamine fait un signe de conciliation vers le gros, les deux paumes en avant. Elle renifle, réajuste une bretelle de soutien-gorge orange sous sa petite robe rouge. Le gros éructe :

— Ho… Félix ! Tu as compris, connasse ? Quand tu m'entends t'annoncer : « Shirley Labelle » dans le micro de la sono, c'est à toi. C'est toi que tu es « Shirley Labelle ».

Le gros Léo est exaspéré. La gamine regarde bien dans sa direction mais ne le voit pas. Un tremblement la parcourt des pieds à la tête. Froid ? Non, pas froid ! Sur une piste de danse éclairée par cinq mille watts de spots colorés, c'est pas le froid. Et ce bizarre picotement dans le bas-ventre ?

Félix fait un pas vers l'estrade bancale qui sert de scène au Zodiaque, boîte de nuit minable pour samedis soir désespérants, salle de bal pour cagoles désespérées. Félix essaie de retenir son nom d'artiste. Shirley comment déjà ? Sonnée, vacillante, Shirley Labelle se retourne vers son manager, un point d'interrogation au milieu de la figure. Pas d'ambiguïté, elle n'a rien capté. Les conseils avisés de Léo le pro du showbiz lui sont passés à dix miles au-dessus de la tête. Il est pas ravi, le manager d'un soir. Il persiste, en hurlant pour se rassurer :

— Félix, tu as compris ? Tu es « Shirley Labelle ». Tu rentres sur scène, on t'envoie ton play-back et tu mets le paquet. Tu as compris ?

Non. Maintenant, c'est certain. Le gros Léo est sûr que Félix n'a rien compris. Mais aussi… Félix, c'est un prénom de garçon ! Et même mignonne, comment tu veux faire une carrière dans le showbiz quand tu as un prénom de garçon ? Et quand tu baises aussi mal ?

Etrange vibration. Pas désagréable. La lumière est plus régulière depuis quelques secondes. Moins de coups sourds dehors, moins d'agitation autour.

La tempête s'est calmée. On est passé du stade « océan démonté une nuit d'orage » à « lagon ensoleillé par temps de légère houle ». Et cette impression d'intense bonheur... Saveurs sucrées, adrénaline.

Musique.

C'est quoi l'histoire ? Une histoire d'amour ? J'en étais sûr ! Une histoire à la con de prince charmant qui finira bien par arriver un jour, version « sur un cheval pur-sang blanc » ou version « dans une Ferrari pure frime rouge ». Il faudrait que j'arrive à lui expliquer que c'est rien que des inepties, les princes charmants... Que les chevaliers beaux comme des gravures de mode, primo, c'est rarissime, et deuxio, ça pense qu'à une seule chose : séduire les naïves et tirer leur coup.

Naïve ! Une grosse naïve. La cible idéale. On n'est pas sorti de l'auberge. Surtout moi ! Quelle tête elle peut bien avoir, cette petite ? Pour avoir des idées aussi utopiques sur l'amour, elle est forcément gamine... Parce que si elle est pas gamine et qu'elle croit vraiment à tout ce fatras de sentiments à trois sous qui lui mange le cerveau, elle est tarée. Tarée complet. Danger.

Ah ! Le Canadien a terminé sa sieste.

Rebelotte, c'est reparti pour la déforestation de masse. Le bruit redevient infernal et les éclairs plus fréquents. Le prince charmant s'estompe, le pur-sang blanc se transforme en cheval de labour. Terminée, la musique douce. Il aura pas duré longtemps, le grand amour.

Le gros Léo est fou de rage. Il démolirait bien Félix à coups de pied mais il hésite. Si elle ne sait pas s'adapter aux retournements de situation sur une scène de spectacle, elle devrait néanmoins faire l'affaire sur les trottoirs de la contre-allée du Prado. Ne jamais gâcher la marchandise. Ce soir, la marchandise est virulente :

— Pourquoi vous m'avez arrêté ma bande play-back avant la fin de la chanson, monsieur Léo ?

Léo postillonne :

— Tu as pas vu la tronche que te tiraient les clients ? Tu chantes pas, tu chiales ! Et tu chiales faux, en plus !

— Vé-le, lui… Je chiale pas, c'est une chanson de Lara Fabian.

— Ici, le seul truc qu'ils attendent de Lara Fabian, c'est de voir son cul.

— Et c'est pour ça que vous m'avez coupé mon accompagnement ? Pourquoi vous m'avez mis Joe Cocker à la place ?

Sans un mot, Léo agrippe le bras de Félix et la tire vers les toilettes pour hommes. Ils traversent la piste enfumée et encombrée de couples en sueur. Quelques quolibets fusent. Félix jette un dernier regard vers l'estrade sur laquelle se referme un rideau rapiécé. Un disc-jockey à l'accent marseillais éructe une plaisanterie salace et annonce la soirée-exhibition : « *les stars du X italien dans un sexy-show torride* » pour la semaine suivante. Joe Cocker rabâche une dernière fois qu'il aimerait bien que sa copine garde son chapeau sur la tête et le D.J. Aïoli balance Prodige Namor à fond la caisse dans la sono de la boîte.

La porte des chiottes grince avant d'aller percuter la cloison. Un adolescent boutonneux surpris en pleine manipulation stoppe net sa laborieuse confection de pétard aux herbes de Provence. Il s'éjecte aussitôt du cagibi répugnant sans oser croiser le regard de Léo.

C'est une terreur, Léo. Le gros a une réputation en béton armé, une notoriété décorée au fil de fer barbelé, avec son lot d'anecdotes sordides qui ont fait dix fois le tour de tous les balèti pour cagoles entre Port de Bouc et Marignane. Le néon des latrines éblouit la gamine. Elle dégage son bras de l'étreinte de son manager en y laissant quelques poils. Malgré l'éclairage ambiant verdâtre, son poignet est rouge vif. Et le gros Léo est toujours vermillon. Congestionné. Il beugle :

— Joe Cocker, c'est une musique pour les strip-tease. Et même ça, tu n'y as rien compris, connasse !

La première gifle part. Puis la seconde. Puis les deux suivantes. Le gros ne se retient plus ; il s'acharne sur la gamine qui s'effondre en arrachant un porte-savon rouillé au passage. Une torgnole verticale la redresse. Le gros déchire les bretelles de la petite robe rouge et jette Félix au sol. Il hurle :

— Pourquoi tu t'es pas foutue à poil ? Où tu te croyais ? Sur TF1 le dimanche après-midi ?

Le cul sur le carrelage moite, Félix remonte ses fripes comme elle peut et prend appui sur ses coudes. Elle dérape sur les lambeaux de papier-cul roses et détrempés qui parsèment le sol.

— L'autre soir, vous m'avez promis... Je devais chanter sur scène... Au moins deux chansons !

Léo éclate de rire, un rire gras et sonore interrompu par un bruit de chasse d'eau. Un loquet cliquette. Un petit bonhomme habillé cuir s'extirpe d'un W-C en fermant les boutons-pression de sa braguette avec difficulté. Il dévisage la gamine étalée au sol et se tourne vers Léo, l'air inquisiteur :

— Ti'as besoin d'un coup de main, Léo ?

— Va draguer tout seul, Meljibson'. Celle-là, je me la garde pour moi.

Meljibson' n'insiste pas. Le petit bonhomme rejoint la piste embrumée du Zodiaque en attachant sa ceinture en peau de lézard, sans se retourner sur Léo qui conclut :

— Et pourtant, celle-là, c'est vraiment pas un bon coup !

Ça bringuebale méchant.

Le cœur s'emballe. Pas bon pour moi.

C'est plus fort qu'une tempête. On se croirait sur une attraction de fête foraine dans une banlieue populaire. Un grand huit emballé. Le manège infernal. L'adrénaline, encore. Mais pas la même. Celle-là a un arrière-goût mauvais. Un goût de terreur. Il est parti très loin, le prince charmant.

La température est montée d'un seul coup. J'étouffe.

Un choc. Puis un second, plus net. Le bûcheron canadien a cédé sa place à un maréchal-ferrant, et ce maréchal-ferrant a un drôle de gros marteau. La vache ! il tape précis. Malaise...

A quoi elle pense maintenant que le beau chevalier s'est cassé ? Ah non, v'là aut' chose ! Zut, c'est bien ma chance, elle veut tous les tuer : le bûcheron, le maréchal-ferrant, même les éventuels princes charmants de passage... Je suis tombé chez une serial killer.

Pas bon, la haine, pour espérer faire de vieux os dans ce monde cruel.

Roulis. Tangage. Calme plat. Le maréchal-ferrant semble avoir déclaré forfait.

— Fi ve la fhope, ve la tue !

Léo est effondré sur une lunette de W-C fendue. Chacune de ses syllabes constelle le carrelage blanc crasseux de petites taches rougeâtres. Meljibson' ricane, fasciné par la canine sanguinolente qui pend de la mâchoire supérieure du gros. Les néons en bout de vie scintillent en rythme avec un vieux succès de Michel Berger qui agite le troupeau de pébrons sur la piste de danse, de l'autre côté de la cloison. Le gros Léo persiste, malgré les basses assourdissantes :

— Fette pouffiaffe ! Ve vais l'epfplover !

— Tu vas quoi ?

— L'epflplover ! La tuer !

— Tu te fais du mal, Léo.

— F'est pas toi qui m'empèferas bc la tuer, Melvibfon' !

— Je veux pas t'empêcher de la tuer, Léo. Je veux juste te dire que tu te fais du mal quand tu essaies d'articuler des mots avec des « t », des « x » et des « p ».

Effluve subit de musique dans les toilettes pour hommes du Zodiaque. Un minot transpirant aux yeux rougis entre comme une trombe et s'arrête net. Epouvanté par la gueule défaite de Léo assis sur son trône, il ressort aussitôt. Meljibson' va se caler contre le battant pour condamner l'accès à la pièce. Le gros Léo frotte sa joue endolorie.

— Féfélips'.

— … ?

— Fé « Félips' » p'elle f'appelle !

Meljibson' pose une main compatissante sur le bras du gros :

— Calme-toi, Léo. Je comprends nibe quand tu parles. Elle s'appelle comment, ta protégée ? Félip' ?

— « Félipsssss' » !

— C'est un nom de mec, « Félipe ».

Léo acquiesce :

— F'est un mom be mec mais f'est « Félipsssss' ».

— Je capte rien, Léo. Désolé…

L'arcade sourcilière de Léo se trouve des velléités d'hégémonie sur le reste de sa figure boursouflée. Meljibson' dévide le dernier rouleau de papier-cul encore intact pour l'appliquer en catastrophe sur le front du gros qui grimace. Le petit bonhomme habillé cuir se veut rassurant :

— … Mais on la retrouvera, Léo. Une fille qui chante aussi faux, ça doit être facile à repérer entre Saint Antoine et les Arnavaux.

— Kabifté !

— Kallisté ?

— F'est fa. Kabifté.

Adrénaline. Encore.

Et en quantité. Mais plus agréable. Revigorante, tonifiante.

Les bruits violents s'estompent, la température descend, le cœur reprend un rythme régulier. Le tohu-bohu fait place à un balancement uniforme. Je suis bercé. Pour peu qu'elle se remette à chanter, je m'endors !

Et si elle se remettait à chanter pour moi, pour

moi seul ? Gagné ! Elle fredonne... Une chanson douce ? Une chanson douce qui parlerait de la mer sur les galets, de la brise dans les branches, des petits oiseaux, des gros poissons... Perdu ! Cette grosse naïve s'est encore égarée à la recherche hypothétique du grand amour. Elle n'a que ça en tête. Une obsession maladive envers les princes charmants. Je trouverai bien un moyen de lui faire comprendre que c'est de la daube, les princes charmants.

*
* *

Une Twingo vert anis ! Assortie pile-poil au tailleur croisé de la conductrice... Félix n'imaginait même pas que cette couleur d'un autre siècle puisse exister. La gamine hausse les épaules et ouvre sa vitre pour respirer l'air frais de la nuit. La mer n'est pas loin. Félix sourit. L'étang de Berre n'est pas loin non plus. Félix referme sa vitre, contrariée par les fragrances nauséabondes des complexes pétrochimiques. Elle essaie de distinguer quelques détails à travers les branches de pins rachitiques qui défilent sous le clair de lune. Sans succès. Un vrai désert. A la lueur des phares, la petite voiture traverse un paysage lunaire de calcaire pâle. Le bitume abîmé serpente sans fin au fond d'une gorge aride et la femme agrippée au volant est intarissable. Sans fin... Un vrai boucan.

— Ma pauvre chérie ! Ça te fait mal, ce gros bleu sur ton front ?

— Non.

— C'est tout récent, cette beigne ? C'est une dispute d'amoureux ?

— Non.

— En tous les cas, tu as dû lui mettre un de ces coups de boule. C'est ton fiancé ?

— Non.

— Alors c'était ton fiancé ?

— Non.

La femme qui conduit est une vieille. Pour Félix. Une vieille gonflante qui doit déballer son expérience de la vie chaque fois qu'elle croise une plus jeune qu'elle.

— Tu parles ! Fiancé ou pas, c'est bien les hommes, ça. Des promesses en pagaille et le vide sidéral sitôt finie la nuit de noces.

Au moins quarante ans, cette vieille. Un aspect plus très neuf, qui a pas mal servi. Une voix éraillée, une peau abîmée, des rides profondes qui serpentent au coin des yeux, une gorge pâle sous un visage lunaire. Le maquillage est épais, une vraie tenue de camouflage ; comme ce parfum entêtant qui n'arrive pas à faire oublier les odeurs des raffineries dehors et du tabac froid dans l'habitacle. Même ses fringues schlinguent les quartiers chics. D'ailleurs…

— Tu vas où ? A Kallisté, tu m'as dit ? C'est vers le centre-ville, la résidence Kallisté ?

— Non.

— C'est dans les quartiers nord, alors. Je connais mal les quartiers nord. J'habite Mazargues. Tu connais Mazargues ?

— Non.

La Twingo s'engouffre sous le tunnel du Rove. Félix cligne des yeux, éblouie par les néons. La gamine profite de cette arrivée providentielle de lumière pour dévisager sa conductrice. Le mascara appliqué à grands coups de balai-brosse en plusieurs fois, l'eye-liner passé au rouleau à crépi, un brushing très kitsch digne des années 80, la quadragénaire avenante se concentre sur deux points essentiels : comment rouler à plus de quarante à l'heure sans faire un tonneau et comment éviter de se casser un faux ongle à chaque tour de volant. Vert anis à paillettes, les faux ongles. La conductrice se penche pour récupérer une Philip Morris light sur le tableau de bord.

— Tu en veux une ?

— Non.

— Ça te dérange si je fume ?

— Non.

— Quelle drôle d'idée de faire du stop en pleine nuit sur la route de Gignac. Tu tapines ?

Contrariée, Félix marque un temps avant de marmonner sèchement :

— Non.

— Sois pas agressive, chérie. C'est pas un drame,

de tapiner. Sauf qu'à ton âge, c'est un peu tôt. T'es majeure ?

— Non.

— T'es pas bavarde, comme fille.

— D'habitude, oui. Mais là, non.

— Sympa. Je sens le gaz ?

— Vous non. Mais dehors oui.

Les pneus crissent. A quarante à l'heure. La vieille grimace et poursuit :

— Comment tu t'appelles ?

La gamine, gênée, regarde ses semelles démesurément hautes.

— Félix.

— Félix ? C'est drôle. C'est un nom de garçon, Félix. C'est tout le contraire de moi. Moi je m'appelle Elise.

Félix reste dubitative :

— Pourquoi, c'est le contraire ?

Elise ne répond pas tout de suite, concentrée sur ce putain de virage à quatre-vingt-dix degrés à la sortie du tunnel. L'obscurité revient dans la Twingo, le silence aussi. Elise n'a pas répondu.

Doux ronflement.

Ça tangue mollement. Et on n'y voit plus que dalle… Enfin, y voir ! c'est une expression. Les couchers de soleil, les écrans bleuis des télévisions et les ultraviolets des appareils médicaux sont pour plus tard. C'est plutôt un sentiment diffus de lumière. Pour l'instant, tout passe par elle. Par sa tronche, par ses impressions et ses sensations. Ses sensations à elle.

En ce moment, elle a la tronche à l'envers. Elle n'y comprend plus rien. Elle est assise à côté d'un extraterrestre. Le doux ronflement, ça doit être les turbines de la soucoupe volante. Une soucoupe volante qui marche au gaz conduite par un martien qui fume des clopes. Et elle a du mal avec les clopes. Elle ferme sa gueule, trop contente d'être au calme. La séquence précédente a dû être d'une rare violence, j'en ai ressenti les effets pendant un temps interminable. Notre respiration devient plus régulière, l'endroit est sécurisant.

Et le type d'à côté a vraiment une drôle de voix.

Félix est dubitative. La vieille d'à côté a vraiment une drôle de voix.

Une voix de fond de garage. Félix pense à René, son cousin mécano dans les ateliers d'entretien de la RTM. Pourquoi René ? L'haleine chargée de tabac de sa conductrice ? Félix pense aussi à Joe Cocker. Mais elle ne voit pas pourquoi non plus. Elle imagine mal Elise faire un strip-tease torride. Elle imagine mal Elise faire quoi que ce soit, d'ailleurs. Félix n'envisage pas que cette mondaine usagée puisse avoir une activité quelconque.

Finalement, Félix n'imagine rien.

Elise est une vieille cagole des quartiers chics, de plus de quarante ans, qui conduit une Twingo vert anis entre Gignac et l'Estaque, un samedi de septembre. Il est minuit douze, Elise l'a prise en stop il y a dix minutes. Avant… Après… Elise…

Elise esquisse un sourire, se racle la gorge et s'allume une seconde clope :

— Tu dois te demander ce que je fais dans la vie pour me balader seule un samedi soir sur une départementale déserte ?

— Non.

— Tu te demandes pas ?

— Non.

— Tu crois que je suis une péripatéticienne ?

Félix se referme sur elle-même, prise au piège d'un quizz trop intello. Elle ne voit absolument pas ce qu'une marchande de cahiers et de crayons peut branler à minuit douze entre Gignac et l'Estaque. Félix se décoince :

— Vé-la, elle ! Mais vous vendez ce que vous voulez ! Et où vous voulez !

— Je vends du bien-être, Félix… mais je ne suis pas une pute.

Un virage mal relevé fait taire momentanément la cagole usée des quartiers huppés. Les pneus couinent, Elise reprend :

— Je suis esthéticienne.

Félix réalise mal à quoi peut servir une esthéticienne. C'est un truc pour les riches, une esthéticienne. Ou pour les stars. Mais dans ce cas, il faut être esthéticienne et chirurgien à la fois. C'est peut-être ça, une péristéticienne, là… Trop compliqué. Félix aura bien le temps de penser à la chirurgie esthétique lorsqu'elle sera une star. Parce que bientôt, forcément…

Félix ! Une star. Une vraie. Une qui fait la une de *Gala* et de *France Dimanche* tous les quinze jours, comme Alvina Stuart. Une qui s'appelle « Félix » et qui explique à Claire Chazal, les yeux dans les yeux, pourquoi elle n'a pas pris un pseudo. Une qui abandonne la chanson au sommet de la gloire pour sauver l'amour de sa vie ; Félix revoit bien la mine ennuyée de Céline Dion au chevet de son nain de jardin canadien sur le cahier central d'*Ici Paris*. Félix réalise que le mari producteur de Céline Dion s'appelle René, comme son cousin, mécano au fond d'un garage de la RTM… Félix hausse les épaules et n'y voit aucun sens particulier. A Kallisté, l'apprenti boucher s'appelle aussi René et n'est ni manager, ni mécanicien, ni nain de jardin. Ni peristénicien. Qu'est-ce que ça peut bien faire dans la vie, un péristécien ?

La conductrice casse le silence et disloque les interrogations de la gamine :

— Toi, Félix, tu fais quoi, dans ta vie ?

Félix repense à la poursuite lumineuse qui l'a

éblouie lorsqu'elle a commencé à chanter devant la foule surchauffée, tout à l'heure. Elle sourit :

— Je chante…

Félix repense au rideau rapiécé qui s'est refermé sous les huées lorsqu'elle a commencé à réaliser son fiasco, tout à l'heure. Elle conclut :

— … Enfin, j'essaie.

— Ça, c'est drôle. Moi aussi, j'essaie de chanter. Tu es quoi, toi ? Soprano ou alto ? Coloratura ?

Félix dévisage sa conductrice avec des yeux de bogue. Maintenant, ça suffit, les devinettes à la con. On n'est pas à questions pour un champion ; Félix s'emballe :

— Colora quoi ? Mais vé-la, elle ! C'est quoi, ce charabia ? Oh carnaval ! Tu me prends pour une tarée ? Débarque-moi là si je te prends la tête. C'est bon, je peux rentrer chez moi à pied.

Elise esquisse un sourire amusé.

— Te vexe pas, Félix ! C'est pas un gros mot, coloratura. Certaines chanteuses sont des coloratura. Alto, c'est celles qui ont des voix graves. Les sopranos chantent plus aigu. Mon rêve, c'était de devenir soprano. J'y suis jamais arrivée.

Elise marque une pause, concentrée sur la signalétique sommaire du petit port de l'Estaque. Après le rond-point de Saumaty, elle reprend :

— Enfin… C'est déjà pas mal, arriver à une tessiture d'alto en ayant démarré baryton Martin !

Félix n'y comprend absolument rien. Il lui semble

être à l'écoute d'une radio F.M. kurde. Elle ne connaît aucun Martin et n'imagine pas l'utilité sociale d'un baryton. Elise a un sourire triste. Elle conclut :

— J'aurais bien aimé être chanteur… Enfin… Chanteuse.

Elle aura mis du temps à comprendre.

C'est un homme, l'extraterrestre assis à côté d'elle. Un homme, malgré les apparences. Cette naïve se fie beaucoup aux apparences. On est mal parti, là. Je me suis vraiment embarqué dans une aventure à gros handicap.

Elle doit pas être très futée, ma mère.

3

— … *Yeaaah… Complexe vanité, vie sophistiquée et charité organisée. Respect de toi, respect de moi, tu restes dans le ton. Un plus deux c'est trois, je ne veux pas de complications. Nous sommes au bout de l'addition, alors respect pour les garçons…*

Le pizzaïolo obèse marque un temps d'arrêt, perturbé. Il en laisse s'échapper deux anchois pourtant défunts depuis longtemps. Félix s'interrompt à son tour, inquiète :

— Y'a un souci, lourd ? Ma mère a des dettes ? T'inquiète pas pour ça, lourd !

Félix exhibe fièrement un billet de cent francs tout neuf et reprend sa mélopée :

— *Wooooh... Tu peux changer ta destinée... Yeaah... La terre entière est un gazon alors rappelle-toi la leçon, il est monté comme un...*

Une olive vagabonde rejoint les filets d'anchois sur

le plancher poussiéreux du camion-pizza. L'obèse reste perplexe :

— Non, c'est pas ça, le souci. Dis-moi, Félix ? Elle est un peu con, ta chanson, non ?

— Je t'emmerde, lourd. *Wouhooo... Rajoute des champignons, c'est le jour des allocations.*

OCTOBRE

— Fati', Fati'... Vé-le, lui !

Fatima sursaute :

— Tu m'as fait une de ces peurs ! Ti'es trop con, Félix.

Félix insiste en s'accrochant comme une arapède au bras de sa copine.

— Vé-le ! Mais vé-le...

Fatima se retourne, agacée. Elle scrute l'horizon et ne voit personne. Dégun. Il est bien bouché, l'horizon. Trois barres en béton lézardé derrière, les cheminées de l'hôpital nord devant, une garrigue parsemée d'épaves de bagnoles autour et la bande à Kader qui entraîne deux rottweillers pour le combat de ce soir à proximité. Et son voile qui lui revient sans arrêt devant les yeux avec le mistral... Fatima cherche quand même, pour faire plaisir à sa copine.

— Vé-le qui ?

— Hé bé, vé-le ! Le jeune là-bas, sur le Tornado.

Celui qui tchatche avec ton frère. Il est trop trop charmant !

Vu.

Fatima vient de repérer le blond. Un cake inconnu dans le quartier perché sur son booster est en grande discussion avec cette brêle d'Akim. Mignon peut-être comme cake, mais cake quand même. Pas « trop charmant ». Il tire une de ces gueules, le prince blond ! C'est normal. A chaque tentative de discussion avec cette brêle d'Akim, tout le monde tire très vite la gueule.

Une vraie tache, Akim.

Akim s'engatse tout seul. Même quand son interlocuteur est d'accord avec lui, le frère de Fatima trouve toujours le moyen de s'énerver grave dès que la conversation dure plus de trois minutes. Alors, pour peu que son interlocuteur ne soit pas d'accord… Fatima est toujours d'accord avec son frère.

— Ti'es trop, Félix. Juste tu vois un blond sur le parking et tu le trouves charmant. C'est parce qu'il est blond ?

— C'est parce qu'il est beau, Fati'. Trop trop beau. Vé ses yeux !

Fatima se moque éperdument de la couleur des yeux de l'inconnu en grande discussion avec son frère. Si Akim la surprend à regarder un gadjo, elle s'en prend deux dans la tronche.

Aussi, Fatima ne regarde jamais les blonds. Eventuellement, elle peut discuter deux ou trois phrases de temps en temps avec Jean-Marie, le fils du marchand de journaux. Un, il est brun. Deux, il a douze ans. Trois, il est trisomique. Risque zéro. Elle partira pas avec. Et c'est pas le petit Jean-Marie qui lui mettra dans la tête l'idée saugrenue de laisser tomber son foulard islamique. Fatima ressemble trop à la Sainte Vierge de la crèche, avec ce bout de tissu autour de la figure. Le petit Jean-Marie a une véritable admiration pour la Vierge de la crèche. Il a bloqué dessus, à la foire aux santons quand il avait sept ans. Depuis, Fatima le fascine. Curieux. Parce que ni Fatima, ni cette brêle d'Akim ne fascinent le père de Jean-Marie. Ce serait plutôt un rejet épidermique. Aux yeux de son père, Jean-Marie est mal barré dans la vie : mongolien et fasciné par une bougnoule voilée.

La vie est mal faite : Fatima fascine Jean-Marie mais Jean-Marie ne fascine pas Fatima. Même le cake blond sur sa mob' au bout du parking ne fascine pas Fatima. Seul le poing d'Akim fascine Fatima. Par contre, le cake blond sur sa mob' fascine Félix. Personne autour de lui n'a l'air de fasciner le cake blond. Chacun sa tasse de thé, à l'anglaise, au jasmin, à la menthe ou frappé.

Le booster pétarade, le cake inconnu se casse vers l'hôpital nord. Un déchaînement hystérique de klaxons accompagne son départ. Félix frémit lorsque son prince charmant s'engouffre par miracle entre deux pare-chocs, à deux doigts de se faire éparpiller sur le bitume. Malgré l'accélération et l'arrivée triomphale de l'obèse au volant de son camion-pizza, en face de lui, le beau blond arrive à lâcher son guidon pour faire un bras d'honneur et disparaît en faisant une roue arrière.

J'arrive pas à discerner si c'est le bruit ou si c'est l'émotion qui m'a réveillé. Les deux sans doute. Un coup de chaud au cœur, un coup de stress envahissant. J'émerge difficilement dans des effluves mélangés de bonheur et de peur rétrospective. Depuis quelques jours, les choses deviennent plus nettes autour de moi. Pas encore du cinéma à grand spectacle : quelques notions de couleur chaudes ou froides, quelques sons qui se précisent, et les émotions de ma mère, toujours aussi présentes.

Elle, toujours dans son trip de future vedette du music-hall, ne me calcule absolument pas. Elle ne s'est toujours rendu compte de rien, trop occupée avec les aléas de sa survie au quotidien. Une vie remplie de galères à répétition.

Elle dort, pas très bien. Peu. Inquiète. L'environnement est bruyant, agité. Avec des minots qui braillent et des adultes qui brament. La grotte de sa tribu doit être remplie à bloc.

Elle bouffe, pas très bon et pas assez. Avarié. Un arrière-goût rance.

Elle se balade, à pied. Ou dans des bus bondés sans suspension, trimballée par des chauffeurs peu attentifs au chargement. J'ai tout de suite reconnu les voyages en bus. De génération en génération, il y a des repères qui ne changent pas. Sueur. Odeurs de crasse et vieillards qui râlent. Entassements extrêmes, freins mal réglés et stress de la fin du monde à chaque montée surprise des contrôleurs.

Elle travaille. Suite de réflexions sans suite. Manque complet de concentration. C'est comme un rendez-vous quotidien avec l'ennui, un pensum à la fois astreignant et divertissant. Environnement bruyant. Violent. J'ai cru percevoir quelques souvenirs liés à l'école. Là non plus, ça ne change pas. Une salle surchauffée ou glaciale selon les vents dominants, un représentant de l'ordre et des institutions à la logorrhée incompréhensible en face. Quelle tête elle a, ma mère ? J'aimerais bien la voir de l'extérieur, moi qui connais son total désarroi intérieur pendant ces cours interminables.

Elle chante, souvent. Quelquefois très fort pendant une heure ou deux. Douloureux. Ça n'a pas l'air de lui faire plaisir, d'ailleurs, de chanter fort et longtemps. Fastidieux. Quand elle peine à pousser la chansonnette, Elise est toujours là, avec sa voix grave. Là aussi, ça ressemble beaucoup à l'école, en moins assommant.

Deux ou trois fois par jour, elle est heureuse.

Aux anges. Chaque fois qu'elle croise un prince charmant potentiel. Celui qui vient de s'échapper doit être exceptionnel. La perle rare. C'est pas désagréable, l'amour, quand ça envahit le système nerveux.

— Fati' ? Akim était où, cette nuit ? Chez toi ou chez Sophie ?

Fatima baisse les yeux et rougit. Elle répond en bafouillant, la bouche dissimulée derrière son foulard :

— Chez Sophie, la pauvre ! Ça fait la troisième nuit que Sophie passe avec mon frère…

La sœur d'Akim a du mal à continuer, étranglée par l'émotion :

— … Elle… Elle ose plus sortir de chez elle, Sophie. A cause de ses bleus sous les yeux.

Félix est très sèche :

— Cette pouffiasse de Sophie n'avait qu'à pas draguer ton frère.

— Elle l'a jamais dragué, mon frère.

— Ti'es trop con, Fati' ! Et pour avoir ses doses à moitié prix, comment elle a fait, Sophie ?

Un coup de gueule les interrompt. Le père du petit Jean-Marie est sorti comme un barge de son magasin en insultant Kader pour tenter de mettre fin à l'entraînement des pitbulls. Il y retourne aussitôt en cavalant, poursuivi par un des molosses toutes canines dehors.

Le marchand de journaux ferme sa porte in extremis sur la truffe du clébard déchaîné. La bande à Kader explose de rire. Fatima non. Son dernier interlocuteur mâle autorisé, le petit Jean-Marie, va sans doute rester cloîtré chez lui à l'abri des pitbulls et des fils du Maghreb pour un bon bout de temps. Elle jette un coup d'œil discret sur son frère qui revient, un mauvais rictus en travers de la gueule, et apostrophe Félix :

— Pourquoi tu me traques avec ces questions ? Ça te fait quoi s'il était avec Sophie cette nuit, mon frère ?

— Ça me fait qu'il s'est défoulé sur elle, qu'il s'est calmé et que je peux lui parler sans qu'il me frappe, ton frère.

Fatima se dégage, terrorisée. Elle s'enfuit en courant à petits pas vers le hall délabré qui mène à sa tour. Akim s'approche rapidement. Félix se blinde et l'attaque aussi sec :

— Akim ? C'était qui, le blond ?

— Je parl' pas aux merdeuz'.

Hautain, Akim. Toujours cette voix qui traîne et cet air suffisant, surtout avec les filles. Félix ne se démonte pas :

— Sois brave, Akim. D'où il vient, ce blond ?

— C'est ma sœur qui oz' pas me demander ? Tu fais commissionair', c'est ça ? Mets-toi bien ça dans ta têt', Félix ! Si ma sœur, el' regard' un mec sans ma permission, je la tue ! Mêm' pas el' regard' le mec, just' elle y pens', je la tue !

Akim ne plaisante pas. Félix non plus.

— Il est pas question de ta sœur, Akim. Dis-moi qui c'est, il est trop charmant !

— Trop charmant ! Tu décon' ! Un blond ? Tu veux t'le fair' ou quoi ?

En réponse, Félix esquisse un sourire de gourde, réalisant que les conversations trop longues dégénèrent toujours avec le frère de Fatima. Trop tard. Akim vient de bloquer, ses yeux rougis plongés dans ceux de Félix. Dans ces cas-là, en général, deux solutions : Akim frappe ou Akim hurle. Aujourd'hui, c'est jour de fête ! Ni l'un ni l'autre. Akim esquisse un sourire déjà édenté.

— Suis-moi à la cave !

— Vé-le, lui ! Tu me prends pour qui ? Va te faire enculer, Akim.

Le frère de Fatima éclate d'un rire qui s'étouffe très vite. Son regard se durcit.

— Suis-moi à la cave. Et je te dis où il habite, le blond…

Je quitte le jour et ses odeurs de décharges publiques pour m'enfoncer dans une nuit sinistre aux relents de moisi. Ma mère s'est encore embarquée dans une histoire à la « mords-lui-le-nœud ». Elle a du cran, cette minote. Elle ne panique pas une seconde. Je ressens même quelques traces de fierté, comme le trajet héroïque d'un champion vers un podium olympique. Tout ça pour retrouver un prince charmant ! Si elle savait…

— *C'est un traquenard !*

Comment ça, un traquenard ? V'là aut' chose ! Je parle seul maintenant ? Qui a dit ça ? Je rêve ! Ou bien c'est ma mère qui essaie un nouveau produit illicite ? C'est quoi, ce délire ?

— *Un traquenard !*

Ho là ! Calmos. Une idée venue d'ailleurs ? D'où ?... Là, c'est pas elle qui réfléchit. Ou plutôt si. Cette hypothèse lui a bien traversé l'esprit. Sauf qu'il y a eu comme un filtre avant que cette information ne m'atteigne. Un truc inédit dans ma vie intra-utérine ? Une connerie, surtout. Quel traquenard ? Elle est sereine, la minote. Elle est même ravie, le bonheur absolu : le champion olympique vient d'entendre son hymne national. C'était loin d'être un piège. D'où est donc sortie cette idée saugrenue ?

Le rendez-vous mystérieux au centre de la terre n'avait rien d'un piège, on ressort très vite au grand air. Elle chantonne une jolie histoire où elle aimerait bien le caresser des nuits entières. En quelques générations, il y a eu de drôles d'évolutions dans les rapports entre les princesses éperdues et leurs chevaliers servants. C'est devenu très cru, au niveau du langage. Va savoir en quelle année on est, là dehors ?

La lumière du jour revient, les odeurs de mouton grillé, d'urine et de grésil avec. Et elle est pas peu fière, ma mère, de pouvoir aller retrouver son chevalier blanc !

La bande à Kader n'a pas bronché. L'arrivée d'une bagnole d'îlotiers sur le parking n'en a pas fait bouger un seul. Ils ont juste arrêté d'exciter leurs pitbulls pour faire moins de bruit. Le marchand de journaux a dû gueuler âpre, la maréchaussée a débarqué en un temps record. Habituellement, entre le parc Kallisté et les derniers immeubles de la Solidarité, les flics ne se déplacent que bien longtemps après la découverte des cadavres, même quand la fusillade a été entendue de la Savine à Septèmes-les-Vallons.

Akim, par contre, a détalé aussitôt vu le gyrophare de la R5 cabossée. Fatima a attendu que son frère s'évanouisse dans les sous-sols pour refaire une apparition. Elle s'est plantée à côté de Félix pour observer l'habituel cirque des provocations entre petits commerçants excédés, forces de l'ordre blasées et grappes de minots survoltés. Fatima n'a pas tout de suite remarqué le paquet que Félix tenait serré dans ses bras, un colis mal ficelé enveloppé dans du papier journal. Le père de Jean-Marie a fait une sortie paramilitaire accueillie par les grognements vindicatifs des clébards de combat. L'intervention balourde du sergent de service a déclenché un repli général des badauds sous l'auvent de la galerie marchande. C'est là que Fatima s'est cognée à cet objet dur, sommairement empaqueté dans les pages culturelles de *La Provence*.

— C'est quoi ?

— C'est ton frère qui me l'a donné.

— Akim t'a donné ça ? Et c'est quoi ?

Félix a souri.

— J'en sais rien. C'est pour Ludo !

— Qué Ludo ?

— Bé... Ludovic, tiens !

— Et qui c'est, Ludovic ?

— Bé... Vé-la elle ! Qui tu crois que c'est ? Le blond charmant, sur le Tornado... Ludovic !

— Haïïïï ! ! ! Vé-la, mademoiselle ! Et comment je peux le savoir, moi, qu'il s'appelle Ludovic, le blond charmant sur le Tornado ?

— Dans la vie, il faut s'informer, Fati'. C'est pas en restant enrubannée avec ton rideau de douche autour de la tronche que tu te lèveras des mecs.

Victorieuse, Félix a quitté le groupe d'indigènes terrorisés massés sous l'auvent du petit centre commercial. Elle s'est faufilée entre la voiture de la police municipale et la batte de base-ball du marchand de journaux, croisant à quelques pas seulement de la bande à Kader déchaînée. Félix s'est plantée devant l'arrêt de bus dans la traviole d'à côté, la tête haute, rayonnante.

Fatima a attendu que le bus transportant sa copine disparaisse pour se remémorer la tronche de cake de ce blond. Ludovic ! Il s'appelle Ludovic. Elle a rougi, encore, puis s'est éclipsée à petits pas en reniflant bruyamment pendant que Kader détachait la laisse de son rottweiller, que le sergent courageux mais pas téméraire réintégrait dare-dare son véhicule bleu blanc rouille et que la boulangère tirait son rideau de fer.

Le bus doit être bondé. Et le chauffeur en fin de service.

Avec l'habitude, j'ai bien pris mes repères, surtout avec les galères à répétition. Et là, pour matérialiser les turpitudes extérieures, c'est pas compliqué. Ça schlingue et ça bouscule.

Les transports en commun… Comment elle vit ça, ma mère ! Résignée mais lucide. La foule, les conversations énervées, les coups de freins et de volant, les arrêts facultatifs ignorés et les passagers essoufflés, les grabataires mal accrochées qui voltigent et les retraités trop bien accrochés qui en profitent pour chasper. Et elle se fait chasper, la gamine. A chaque trajet, quasiment, une main au cul. Frisson dégoûté. J'ai bien compris les frissons dégoûtés : l'influx nerveux de sa réaction écœurée m'arrive direct dans la trogne. Elle doit être plutôt bien roulée, ma mère. Mais pas commode. Ou alors, c'est que les princes charmants ne prennent jamais le bus.

Ça l'énerve, tous ces vieux débris qui ressassent leurs guerres, leurs droits inaliénables à une retraite misérable, et qui en profitent un peu pour caresser de la viande fraîche. Et cette odeur de transpiration froide, cette ambiance aigre de fin de journée laborieuse, ces haleines chargées d'années d'apéros obligatoires et de tonnes de nicotine avalées.

Une petite chanson, peut-être ? Tout juste, elle fredonne en douceur. L'élu de son cœur doit être exceptionnel. Elle reste confiante malgré l'environnement apocalyptique.

— *On va droit dans le mur !*

Comment ça, droit dans le mur ? Elle a trouvé l'âme sœur, elle va retrouver l'homme de sa vie, chancelante de bonheur, et elle pense qu'on va droit dans le mur ? Quel mur ?

— *On n'aurait pas dû accepter cette mission !*

Cette mission ? Quelle mission ? Ma mère est une militaire en service ? Incroyable, je vis dans le ventre d'une caporale qui se déplace en autocar ! Ou bien la gamine est peut-être un agent secret en mission commando. Agent secret en cité à loyer modéré. C'est quoi, ces idées à la noix, ces perspectives bizarres qui traversent son esprit et m'arrivent déformées ? Comme s'il y avait quelqu'un entre elle et moi…

Merde.

Et s'il y avait effectivement quelqu'un entre elle et moi ?

— Ludovic ?

La paire d'Adidas mal attachées frémit mais les jambes ne sortent pas d'un millimètre. Félix n'ose pas faire un pas de plus vers le mécano étalé sous la bagnole. Impressionnant, ce garage sombre rempli de

Médiathèque
de Guidel

pièces dépareillées, de bidons de produits lustrants et de boîtes à outils sur roulettes. Trop trop frime, la Toyota Celica rouge montée sur ses cales. Félix attend patiemment que les coups de marteau s'arrêtent de résonner dans le hangar pour insister :

— Ludovic ?

— Quoi, Ludovic ?

S'aidant des talons, le type allongé sous la voiture se dégage centimètre par centimètre en râlant :

— Vous lui voulez quoi, à Ludovic ?

Comme dans un mauvais feuilleton télé, le héros se dévoile lentement. Tout d'abord une taille fine moulée dans un jean maculé de cambouis, suivie d'une chemise à carreaux déboutonnée qui laisse entrevoir des abdominaux bien marqués et un torse velu. Félix est aux anges. Elle a traversé la ville pour le retrouver. Toute la ville, à six heures du soir. Elle s'est fadée les inextricables embouteillages du centre-ville et a changé deux fois de bus avant de rejoindre ce garage. Félix est enfin arrivée jusqu'à l'entrepôt désaffecté transformé en gourbi à customiser les bagnoles de cake. Et il est là, lui, le prince charmant, offert à ses yeux, couché à ses pieds. Un visage noirci par le goudron apparaît. Le héros est brun, pas blond. Il a la peau mate et les yeux marron. Et il louche.

Félix est à deux doigts de lâcher le curieux paquet qu'elle trimballe blotti dans ses bras depuis plus d'une heure. Tragique méprise… Ou peut-être pas. Akim s'est foutu de sa gueule, c'est tout. Elle a servi de coursier gratos. Félix tend l'objet emballé au bricoleur d'épaves toujours allongé sur le sol graisseux.

— Tiens, c'est de la part d'Akim... La con de ses morts.

Le mulâtre au strabisme convergent prononcé se redresse, faisant rouler ses pectoraux. Malgré sa profonde déception, Félix marque un temps d'admiration pour ce beau mec bâti comme une armoire à glace qui se dresse devant elle, tous muscles dehors. Si elle n'avait pas entrevu le blond de ses rêves sur son booster tout à l'heure, elle aurait bien pu tomber amoureuse de ce fier Antillais. Même s'il louche. Même si sa voix est un peu éraillée.

— De la part d'Akim ? Qui c'est, Akim ?

Félix s'engatse toute seule :

— Arrête ton cinéma, Ludovic...

— Pourquoi Ludovic ? Ha ! Ludovic, d'accord ! C'est un paquet pour Ludovic...

L'Antillais aboie :

— ... Ludovic ! ! !

Sa voix résonne sous les charpentes métalliques. Une silhouette apparaît dans l'embrasure de la porte. Félix vacille. Il est là, son héros blond !

Félix est impressionnée par les reflets dorés dans les cheveux courts de son prince charmant. Elle est déçue de ne pas voir ses beaux yeux bleus, mais c'est à cause du contre-jour. On ne peut pas tout avoir en même temps : l'effet de surprise qui sèche sur place et le regard qui fait fondre au premier battement de cils. Elle fait deux pas vers lui, enregistrant précieusement la moindre seconde d'émotion pour le restant de ses jours. Ce mec est un canon. Il aurait pu lui faire penser à un astucieux mélange entre Marlon Brando et Paul Newman à vingt ans, mais Félix ne connaît ni l'un, ni l'autre. Elle reporte son imaginaire sur un mix de Patrick Fiori et de Ricky Martin, en blond. Chacun ses références.

Félix se largue, tremblante :

— Tu es bien Ludovic ?

— Et alors ? Tu lui veux quoi, à Ludovic ?

— C'est Akim qui m'envoie…

— Akim ?

Le prince blond fait une drôle de grimace, il se mord la joue avant de poursuivre :

— Ha oui, le crétin de Kallisté ? Tu as le colis ?

Félix ne bronche pas, fascinée. Elle garde la bouche bée, comme un pageot tombé nez à nez avec un pêcheur sous-marin sans harpon à son fusil. Ludovic tend les mains vers elle.

— C'est ça le colis ?

— Heu… Oui, oui !

Le blond charmant s'empare du paquet sans calculer la gamine un seul dixième de seconde. Il va se poser sur un établi éclairé par une baladeuse éblouissante. Ludovic défait l'emballage sans ménagement et monte un objet chromé vers ses yeux. Félix a un haut-le-cœur :

— Aïïï ! Vé le revolver… Con de sa sœur, Akim !

Ludovic scrute l'arme sous toutes ses facettes :

— C'est pas un revolver ! C'est un pistolet. Un revolver, ça a un barillet qui tourne.

Foncièrement, Félix s'en branle, du barillet qui tourne. Elle éprouve une terreur rétrospective à penser qu'elle a traversé la ville armée jusqu'aux dents et qu'elle aurait pu se faire arrêter dix fois. Elle en tremble. Ludovic lit un petit mot griffonné à même le papier journal et s'énerve :

— Enculé !

Il se tourne vers Félix et la regarde pour la première fois. Droit dans les yeux.

Elle fond.

Elle aimerait que les violons enchaînent, que la rythmique démarre et qu'elle se mette à chanter d'une voix un peu grave, comme Clarisse Worx, la nouvelle coqueluche de la variété canadienne, le premier couplet sur les tourments de l'attente avant de vocaliser sur l'extase de l'amour et d'entamer en poussant sur les cordes vocales le refrain tant espéré : *Je serai avec toi. C'est mon désir que je t'ai fait, pour là. Comme un souffle dans ce moment merveilleux. Je sais, je sais, l'amour qui me tomberait sur nous deux avec toi…*

Ludovic ne lui laisse même pas le temps de l'intro. Il beugle :

— Akim ? Tu dis qu'il s'appelle Akim, le crétin de Kallisté ? C'est ton mac ?

Félix, déstabilisée, n'arrive pas à répondre. Ludovic enrage :

— Ce connard m'a pas livré les balles avec le flingue. Tu as les balles sur toi ?

— Heu… Non…

— Au prix où je lui ai payé… L'enculé ! Tu vas le revoir, ton mac ?

— C'est pas mon mac !

— Je m'en fous. Tu vas le trouver et tu vas lui dire que s'il me file pas les cartouches pour le Grizzly…

— Le Grizzly ? Qué Grizzly ?

— C'est le nom du flingue, « Grizzly ». C'est un Grizzly Mark IV… dis-lui que s'il me file pas une boîte de 44 magnum comme prévu, j'en trouverai tout seul et que j'irai m'en servir pour lui vider un chargeur dans sa gueule. Tout le chargeur et à bout portant ! Compris ?

Félix a compris. Elle ne bouge pas, pétrifiée. Ludovic dégage le chargeur de la crosse et constate l'absence totale de munitions, amer. Il jure une dernière fois et repart hors du hangar. Le temps s'est arrêté. Elle n'imaginait pas du tout une première rencontre aussi catastrophique. La voix chaude de l'Antillais la fait sursauter :

— Tu me déranges pas, Miss, mais je ferme le garage dans cinq minutes.

Félix se retrouve à déambuler sur les trottoirs de La Barasse, en plein mistral.

Elle va bien mettre deux heures pour remonter dans les quartiers nord. Pas grave. A la réflexion, la livraison des cartouches est une bonne occasion pour essayer de le revoir, son beau héros blond.

4

— *Wouhohoho... Depuis que tu l'as croisé, babe, il est devenu ta bouée... Et cette manière bien à lui de transformer tes ruades en lubies.*

— Félix ? C'est comment, une ruadanubli ?

— J'en sais rien, Fati'. C'est une chanson d'Adriana Oxbus.

— La grande, là ? Celle qui a chanté pour la coupe du monde ?

— Elle a pas fait que ça, Fati'. Adriana, elle est trop belle... Trop trop belle... *Wouhowouhou... La peur que tu le perdes, babe, tu te complais dans sa fragilité, alors laisse s'exprimer ta féminité... Et je retiens l'espoir en narguant sa complexité...*

— Félix ? Sans déconner, j'y comprends que dalle aux paroles.

— C'est pas grave, Fati'. C'est parce qu'elles sont un peu compliquées, les paroles.

— Tu les comprends toutes, les paroles, toi ?

— Et alors ? Oh connasse, tu me prends pour qui ?

NOVEMBRE

— Ludo ? On y va ? Je me gèle.
— Tu gonfles, Félix… Viens essayer, plutôt.
— Non.
Félix ne veut pas essayer.

Pas envie.
Pas envie de jouer aux cowboys. Pas envie de se laisser secouer par une arme à feu. Pas envie non plus d'aller retrouver Elise pour un nouveau cours de chant stérile. Pourtant elle devrait, c'est le jour et c'est bientôt l'heure. Pas envie de traverser le parc Kallisté sous les huées de la bande à Kader. Surtout chalée par Ludovic, sur son booster.
Plus envie.
Plus envie d'endurer le froid et les gueulantes du fiancé de sa mère. Sa mère, ce déchet ! Plus envie du tout de vivre confinée dans ce deux-pièces pourri avec sa mère, le fiancé de sa mère, les deux marmots de sa

mère, les sitcoms de sa mère, les dettes de sa mère et les crises d'éthylisme de sa mère. Plus du tout envie de supporter cette vie au rabais. Plus du tout envie de supporter ce quotidien aberrant et cette violence sourde. Plus envie de respirer ces odeurs épouvantables de décharges publiques. Ici ou plus loin. Avec ou sans Ludo. Plus envie d'entendre ces détonations qui lui glacent le sang.

Toujours envie de Ludo. C'est déjà bien. Vivement ailleurs, très loin, plus tard…

Vivement le mois prochain, que je puisse balancer quelques coups de pied dans son ventre pour lui signifier ma présence. Ça devient lassant, cette superbe ignorance.

L'idée lui a traversé la tête, il y a quelques jours. Mais son prince charmant utilise des préservatifs et elle n'a pas songé à remonter plus loin qu'un mois en arrière dans ses recherches de paternité.

Elle, enceinte ? Inconcevable ! Ma mère a aussitôt effacé cette hypothèse, trop occupée à remonter cette monstrueuse bouteille de gaz jusqu'à l'appartement de sa mère. Pliée en deux pendant huit étages, les mains cisaillées par la ferraille. J'en souffre encore. L'ascenseur n'était pas en panne, mais trop dangereux sans ses portes extérieures vendues à des ferrailleurs, trop encombré par les excréments de toutes sortes. Monte-charge inutilisable. Et puis, un camion de livraison rempli à ras bord de bouteilles de butane pleines, ça ne se refuse pas. Surtout à l'approche de l'hiver, surtout sans cadenas et surtout garé devant le bâtiment G. Il n'a pas dû faire long feu, le chargement du bahut.

La dernière intervention de la petite voix intérieure moralisatrice date de ce jour-là.

— *Ça ne se fait pas, voler !*

Surtout voler un livreur en train de déguster, un couteau planté dans la cuisse à côté de son camion. Un remords coupable a traversé la tête de ma mère, un court moment. Puis elle a fait comme tous les habitants de la cité. Elle s'est servie. La panique de cette opération commando improvisée lui a fait oublier l'hypothèse d'une maternité. Comme j'ai moi-même laissé tomber la possibilité absurde d'une présence à mes côtés. La petite voix venue de nulle part n'est qu'une illusion.

Une grosse voix déboule en grésillant dans le petit haut-parleur. Félix râle :

— Ludo ? Ti'es calu ? Tu fais quoi avec cette radio ?

— Je m'exerce psychologiquement.

Félix essaie de capter l'attention de son beau blond. Impossible. Il est trop occupé à introduire deux piles neuves dans la petite radio délabrée. La gamine reste perplexe :

— Tu t'exerces psychologiquement ? En écoutant France Info au milieu des poubelles ?

Ludo cale le transistor en équilibre sur un poteau calciné, dernier vestige d'une des barrières d'accès à la décharge municipale. Après s'être débarrassé d'un sac plastique bleu collé par le vent autour de sa jambe, il pousse le volume à fond. Une insipide chronique de Yolaine de la Bigne sur les chapeaux en fourrure synthétique, très tendance cet hiver, se disperse alentour. Ludovic recule de plusieurs mètres, dans l'axe, comme hypnotisé, alors que le vent d'ouest redouble de violence. Le P.C. routier de Rosny-sous-Bois informe les mouettes et les gabians survolant le champ d'ordures qu'un camion s'est renversé à cause d'une plaque de verglas entre Orange et Montélimar occasionnant un bouchon à éviter à tout prix. Les mouettes de Septèmes-les-Vallons devraient pouvoir éviter. Enfin, un speaker au timbre rassurant annonce qu'après la rubrique littéraire, on retrouve Jean-Pierre Gaillard à la Bourse de Paris.

— Ludoooo ! On se casse ?

— Pas question. C'est presque l'heure.

— L'heure de quoi, bordel ?

— L'heure d'écouter religieusement le filtre incontournable de la pensée unique !

Je n'ai eu cette curieuse impression de filtre à pensées que deux fois : le jour de sa première rencontre avec le chevalier blond, et le jour de l'épisode du camion de gaz. Depuis, rien. Plus de réflexions parasites entre ma mère et moi.

Oubliée, la petite voix venue de nulle part. Oubliée, l'idée saugrenue que je pouvais ne pas être seul, là-dedans.

Autour de moi, les sensations se précisent.

Les sons deviennent plus clairs, la lumière mieux définie. L'osmose avec ce qui passe par l'esprit de ma mère est totale. Je ne rate plus rien. Ses envies, ses dégoûts, ses douleurs et ses joies, ses jouissances retenues et ses raisonnements hésitants, ses intuitions les plus profondes et ses réflexions les plus futiles. A ce moment précis, elles ne sont pas joyeuses, ses réflexions. Une envie de plus rien, avec une appréhension envers tout ce qui l'entoure. L'odeur persistante de la décharge n'arrange rien. L'idée de supporter les caprices de son prince charmant en attendant en plein blizzard encore moins.

Le petit poste de radio frémit toujours, en équilibre précaire sur son poteau. Après un pimpant jingle estompé par le raffut lointain d'une pelleteuse, le rassurant speaker de France Info vient de relancer Jean-Pierre Gaillard d'une boutade sur le « krach 40 ». Jeu de mots de mauvais goût aussitôt dédramatisé par le chroniqueur boursier. On peut rire de tout mais pas de la baisse des valeurs françaises.

Retrouvant son ton guilleret, le jovial spécialiste des actions en vogue interroge un spécialiste du second marché sur les chances de développement d'une société spécialisée dans le conseil au développement des société cotées en bourse au premier marché, développement qui devrait occasionner pour les actions de cette société une plus-value intéressante pour son développement, justement. Et peut-être même une montée de cette société du second au premier marché.

Charabia incompréhensible de spécialiste. Litanie affligeante et insupportable d'autosatisfaction complice. Qui est complice ? Ludovic se mordille la joue et glisse les deux mains dans ses poches de blouson, jambes écartées, face à la radio. Félix s'impatiente, assise sur l'arrière de la selle du Tornado. Elle frotte ses bras, frigorifiée. Un terrible frisson la parcourt mais le vent glacial n'est pas le seul responsable. Elle se fige, fascinée par le regard bleu de Ludovic, un regard de tueur.

A peine Jean-Pierre Gaillard a-t-il terminé son sempiternel : « rrmmMMonsieur de La Gravelière, rrrrjeu vous rrreuuumerrrci » que le petit poste éclate en morceaux. La détonation se propage dans toute la décharge et va résonner loin contre le pic de l'étoile. Deux rats détalent en piétinant les semi-conducteurs encore fumants. Les mouettes ne rigolent plus du tout.

Stupéfaites, elles se taisent et partent affolées après un court temps de réflexion, en envisageant tout de même d'éviter la banlieue de Montélimar. Ludovic reste figé lui aussi quelques secondes, son Grizzly Mark IV à bout de bras.

Il ne pleure pas, Ludovic. Il aimerait pleurer mais il ne peut pas.

Terrorisée. Ma mère est terrorisée. La déflagration qu'on vient de subir n'a rien fait pour la calmer. Un afflux de sang provoqué par l'émotion vient de me tourner la tête.

Une accalmie fragile s'installe, très vite perturbée par la mise en route de ce moteur infernal ! Ce bruit pétaradant est de mauvais augure. On va une fois de plus se farcir une chevauchée héroïque en plein blizzard, à en perdre sans cesse les horizontales déjà pas très précises. Accrochée derrière son prince charmant, elle va encore se peler jusqu'aux os, et moi avec.

Pas bon. Elle a besoin de chaleur, ma mère. Et pas seulement de cette chaleur-là. Je trouve ce chevalier pas vraiment à la hauteur de la situation. D'ailleurs, en ce moment elle doute, ma mère. Malaise existentiel, même si elle ne sait pas ce que ça veut dire. Elle voit son prince comme il est : cinglé.

— Pourquoi tu me regardes comme ça, Félix ? Tu crois que je suis taré ?

Félix saute de la selle et prend Ludovic dans ses bras pour le serrer très fort contre elle. Elle est morte de trouille mais n'a surtout pas envie de le perdre. Elle bégaie :

— Je t'aime, Ludo. Mais j'ai toujours pas compris pourquoi tu veux faire ça.

— Pour mon père, Félix.

Ludovic range son flingue à l'intérieur de son blouson et enfourche le Tornado. Félix grimpe derrière et colle sa joue contre le dos de son beau blond cinglé.

Le trajet entre la décharge de Septèmes et les premiers immeubles de Kallisté est très rapide. A peine deux minutes. Deux minutes à se laisser gifler le visage par des rafales glacées. Deux minutes à ressasser les explications confuses de Ludovic sur les multinationales meurtrières, sur les actionnaires majoritaires sans morale et sur les conseils d'administration sans scrupules. Deux minutes pour décider de sa vie.

Deux minutes plus tard, Ludovic arrête son deux-roues sur le parking décrépit de la galerie marchande du parc Kallisté. La gamine descend et se plante devant lui, provocatrice :

— Ludovic, je veux venir avec toi. Jusqu'au bout.

— Jusqu'au bout de quoi, Félix ?

Ludovic coupe le moteur et glisse les mains dans ses poches, nerveux.

— Je vais pas te traîner dans mes galères, Félix. Tu feras quoi, une fois avec moi ? Il faut que les choses bougent maintenant. Et compte sur moi pour les faire bouger. Mais seul.

Félix regarde autour d'elle, réalisant qu'ici, rien ne bouge. Et qu'a priori, rien ne bougera jamais. L'auvent de la petite galerie marchande a encore perdu une poutre en béton et le camion de chez Butagaz a fini par être complètement désossé. Les petits vieux aigris agrippés à leur dérisoire copropriété en ruine sont de plus en plus aigris et de plus en plus vieux, et la bande à Kader rôde toujours en maître des lieux. La charcuterie a tiré le rideau pour de bon après son troisième cambriolage en six mois. Le marchand de journaux a affiché un panneau « interdit aux bougnoules » derrière sa porte vitrée et du coup, n'a plus un seul client. Un appartement de la barre H a encore été dévasté par un feu de cheminée comme chaque début d'hiver dans ces logements sans cheminée, Akim est toujours assis sur sa poubelle à essayer de dealer ses derniers larcins et sa sœur Fatima est toujours planquée dans le hall dissimulée derrière son foulard à fantasmer en cachette sur tous les mâles qui passent. Le camion-pizza arbore toujours sa pancarte incompréhensible annonçant que les proprios sont trois frangins au feu de bois, ce qui ne veut strictement rien dire, les caniveaux de la traviole qui mène à la résidence sont tellement délabrés que plus une seule voiture ne rentre sur le parking sans y laisser un pare-chocs. Et « Kallisté » veut dire « la plus belle », en grec. C'est Elise qui le lui a appris, lors de son premier cours de chant.

Il doit quand même y avoir des vies plus belles ailleurs. Félix a envie d'ailleurs, quitte à suivre au bout du monde ce beau gosse perturbé.

— Je serai à tes côtés, mon amour !

Ludo la dévisage. Agacé, le beau gosse ânonne :

— Je serai àààà tes côôôtés, mon aaaamouuuur... Attends, Félix, on n'est pas dans un feuilleton télé. Si tu te casses avec moi, c'est pour longtemps, c'est loin et c'est risqué.

— Ça ! Pour être risqué ! C'est de la folie.

Merde. V'là aut' chose ! Non ! C'est impossible. Là, je cauchemarde... Pas ça ! Pas lui ! Pas l'autre !

C'est comme une crampe d'estomac. Un point sensible à l'origine mal définie. Félix retient son souffle et se tient le ventre. La gêne est de courte durée, suffisamment lisible pour que Ludovic s'inquiète.

— Tu as la gerbe ?

Félix hausse les épaules.

— Pas du tout. J'ai dit que j'irai avec toi quoi qu'il arrive, alors ne viens pas me trouver de faux prétextes pour me larguer en route. J'ai mal au ventre mais c'est un truc de fille. Voilà !

— Un truc de filles... Les petits signes discrets, c'est aussi un truc de filles ?

Ludovic montre l'accès au centre médical de la barre F en ricanant :

— Tu devrais lui répondre. Depuis qu'on est arrivé ici, la sœur du crétin te fait des signaux désespérés.

Félix se tourne et découvre Fatima planquée derrière une poubelle.

— Oh Fati' !

Sous son auvent en plein courant d'air, Fatima panique. Elle a un seul geste saccadé de la main dont la signification est limpide : « Si mon frère me surprend en grande discussion avec un blond à l'air européen et pas d'ici, il m'égorge sur place ». Félix soupire, affiche une moue énervée et délaisse pour un moment son amoureux transi de froid. Une main calée sur le ventre, elle fait quelques pas vers le camion-pizza stationné sur l'esplanade. A son tour, Fatima traverse le parking en baissant les yeux, sous le regard toujours vigilant de son frère en train de négocier un lot de jeux de combats plombés pour Play Station de contrebande. Les deux filles se rejoignent derrière la camionnette des trois frangins au feu de bois. Fatima est surexcitée :

— Félix ! C'est trop trop fort ! Y'a le producteur de l'autre fois qui est venu te voir. Il te cherche...

— Qué producteur ?

— Tu sais bien, le grand gros, celui qui organise les spectacles. C'est super, non ?

Félix se décompose :

— Léo ?

Fatima insiste :

— Tu vas passer à la télé, Félix ! Hein ? C'est pour la télé ?

— Je crois pas que c'est pour la télé, Fati'. Où il est, le gros Léo ?

— Il a dû monter jusqu'à chez toi. C'est Akim qui lui a donné l'adresse. Y'a sa voiture, là-bas.

A l'autre bout de l'esplanade, une grosse BMW bleu métallisé plus toute neuve mais encore clinquante attend. La bande à Kader a commencé les repérages préliminaires autour de ce véhicule inconnu dans le quartier. Un petit gars tout habillé cuir avec une tronche de fouine se lime les ongles de la main droite, appuyé à la carrosserie. Il devine sans hésitation qui est le chef du troupeau de branleurs qui rôde à proximité. Meljibson' interpelle Kader, tout en lui montrant un truc chromé à l'intérieur de sa veste. L'effet est immédiat. La bande à Kader se disloque en un temps record, à la seule vue du Casull. 454. L'homme de main du gros Léo range son monstrueux revolver et entame les ongles de sa main gauche, tranquille. Félix affiche une pâleur effrayante alors que Fatima exulte, surexcitée :

— C'est pour « Fa, Si, La Chantez » qu'il te cherche, alors ?

Félix prend sa copine par les épaules et l'observe un bon moment, les yeux dans les yeux. Puis, elle la serre dans ses bras, l'embrasse sur les deux joues et repart en courant vers son prince charmant.

— On se casse d'ici, Ludovic. Et si tu veux pas que je vienne avec toi, j'irai ailleurs toute seule, mais loin. Le plus loin possible.

— Le plus loin possible ? Tu veux aller le plus loin possible, alors que tu n'as jamais quitté le département ?

La petite voix a encore parlé. C'est un cauchemar. Je l'avais oubliée. Oubliée très fort. J'ai persisté à me comporter comme une autruche, ça ne sert jamais à rien. Le parasite est là. Bien là. Ce que je redoutais arrive : je ne suis pas seul. Je suis déjà embarqué dans une galère inextricable, avec comme génitrice une gamine inconséquente et comme environnement les bas-fonds de la société.

J'espérais être tranquille au moins pour les quelques mois qui viennent, avant mon grand saut vers l'inconnu. Raté. J'ai un jumeau. Un jumeau qui va me pourrir l'existence pendant ces quelques mois de huis-clos. Et durant toute ma vie à venir. Cette situation est insupportable. Le bruit de moteur gonflé du deux-roues du prince charmant est insupportable. Aussi. Comme le froid, le doute, les relents de tabac sont insupportables. Les chansons d'amour béates sont insupportables. La vie est insupportable.

— Et tu fuis ? Pauvre gourde ? Accrochée à un

fou furieux prêt à tout pour venger son père ? C'est de l'inconscience ! C'est beaucoup trop dangereux !

La petite voix, toujours. Non seulement j'ai un jumeau, mais en plus, c'est un poltron.

Le gros Léo a fait le tour de la cité, bougon. La rafale de vent qu'il a prise dans la figure à l'angle du bâtiment G ne l'a pas déridé. La vue de trois apprentis mécanos affairés sur une vieille BMW volée garée sur le toit non plus. Ça lui a trop rappelé la sienne.

Deux minots sont venus lui tourner autour comme des mouches, entonnant une comptine moqueuse en arabe. Il a pris le premier par le col et l'a envoyé contre le mur, en visant la tête. Il n'a jamais su très bien viser, Léo. Le gamin a détalé, l'épaule endolorie, rejoignant son copain déjà planqué derrière l'abri à containers. Le gros a essayé de déchiffrer les étiquettes sur les sonnettes rafistolées. Au bout de trois pas de porte, il a fait demi-tour et a tracé droit vers l'abri à containers. Trop abrutis par une colle de mauvaise qualité, les deux gamins taquins ne l'ont pas entendu revenir vers eux. Le plus véloce a pu s'échapper terrorisé, l'autre est resté plaqué contre le muret de parpaings. Léo n'a pas eu à faire un énorme effort sur la conversation. Il a simplement dit : « Félix ? » Le gosse a fait un geste désespéré. Léo a compris assez vite que s'il ne lâchait pas la gorge, les informations utiles auraient du mal à lui arriver. Il a lâché la gorge, pas le gamin. Sous le coup de l'émotion, l'information tant attendue lui est parvenue en algérien. Deux gifles plus tard, il apprenait enfin la bonne adresse pour retrouver Félix. Huitième étage, deux entrées plus loin.

Deux entrées plus loin, Léo a eu du mal à pénétrer dans le hall. L'odeur. Il a imaginé aller chercher l'arbre magique au citron qui pend au rétroviseur de sa bagnole. Il a laissé tomber cette idée. Même en se fourrant l'arbre magique dans les narines, ça n'aurait pas suffi. Léo s'est pointé devant l'ascenseur. C'est toujours impressionnant, un ascenseur sans porte, même au rez-de-chaussée. Il a appuyé sur le bouton, les câbles ont frissonné. La cabine a entamé une lente descente. Quatre grands frères ont entamé un lent encerclement. Pas plus bavard, Léo a juste montré le Sig-Sauer coincé dans sa ceinture et un petit Smith & Wesson 2 pouces à cinq coups qu'il gardait ostensiblement armé dans sa main droite. Devant les velléités d'arrogance du petit groupe, il a juste précisé que : « Quatre crouilles avec cinq balles de .38 spécial, c'est pas un exploit ». Les grands frères n'ont pas relevé l'injure et sont partis à reculons. Vexés. Mais un moment de honte est vite passé.

Léo est monté dans la cabine obscure. Il n'a pas su éviter les obstacles et a plongé sa semelle gauche dans un magnifique étron frais. Il a juré, pour le principe. La lenteur du monte-charge et le manque complet de fermeture de sécurité lui ont permis d'admirer les fresques recouvrant la totalité des escaliers. Léo est arrivé au huitième étage un peu déçu, il n'avait pas découvert de gros mots ou d'expressions salaces qu'il ne connaissait déjà.

Arrivé sur le palier, Léo avait le choix entre deux portes. A droite, la famille Benzaïoud. A gauche, rien. Un simple empilement d'étiquettes gribouillées et successivement déchirées. Comme Félix n'avait pas l'air trop beur, il a commencé par l'entrée de gauche.

Il a tourné une sonnette mécanique rivée au milieu du battant. Une voix de femme surmontant la musique du générique d'*Amour, Gloire et Passions* a hurlé : « Casse-toi. Y'a personne. » Il ne s'est pas cassé. Il a brisé la porte d'un coup de pied, déboulant dans un capharnaüm hallucinant. Trop bourrée, la mère de Félix n'a opposé aucune résistance. Son gamin de dix mois dormait comme une souche, l'intrusion de Léo ne l'a pas perturbé. L'autre mouflet, celui de deux ans, a profité de cette récréation pour aller jouer dans l'ascenseur encore à l'étage. Le générique d'*Amour, Gloire et Passions* s'est terminé sur un éclat de trompettes. Pour la forme, Léo a mis deux claques à la mère de Félix en lui demandant des nouvelles de la petite. La mère a eu l'air surprise par l'attention soudaine qu'un humain pouvait porter à sa traînée de fille.

— Où est Félix ? Vous cherchez Félix ?

— Ben oui, elle est où, Félix ? C'est ta fille, non ?

La mère de Félix s'est mise à pleurer. Elle venait de rater une scène d'amour capitale, celle où Jack annonce sa rupture avec Cheryl à Lugdivine, sa demi-sœur enceinte de HollyJohn. Léo a mis deux claques de plus à l'alcoolique en lui expliquant que Lugdivine n'était pas enceinte de HollyJohn mais de Cooney, le mari de Cheryl. Cette information l'a calmée.

Le fiancé de la mère de Félix aurait pu revenir à ce moment-là. Il s'est abstenu, retenu aux urgences de la Conception par un coma éthylique profond sur la voie publique. Léo et la mère de Félix se sont assis devant la télévision aux couleurs divergées. La mère a posé une bouteille d'alcool de pharmacie sur son peignoir, calée entre ses cuisses. Léo a posé le Sig-Sauer sur ses genoux, absorbé par les explications confuses de Cooney dans le poste de télé. Après quelques minutes de réflexion, Léo a exprimé deux idées fortes à la suite :

— la première était directement liée à la présence de Lugdivine à la soirée d'anniversaire de Cheryl organisée par Cooney dans l'épisode précédent. Aucune incidence, la mère de Félix avait raté l'épisode précédent.

— La deuxième avait rapport à l'accueil de Félix à son retour dans le deux-pièces familial, accueil s'annonçant aussi violent dans les dix minutes que dans les dix mois ou les dix ans à venir. Aucune incidence, la mère de Félix avait raté tous les épisodes précédents, quasiment depuis la naissance de sa gamine.

*
* *

— Il faudrait que j'en parle à ma femme.

Elise est assise derrière son piano, le visage grave. Elle observe le couple de gamins installé dans son salon. Félix, brunette enjouée toujours prête à pousser une ou deux vocalises, persuadée d'être la prochaine chance française au concours de l'Eurovision. Elle a peu de chances, les critères de sélection sont larges mais il faut au moins chanter juste. Ludovic, beau blond au regard qui foudroie, solide en apparence, détruit de l'intérieur, silencieux. Trop silencieux. Elise n'arrive pas à se décider.

— Comprenez, c'est quand même délicat. Prêter une voiture presque neuve…

Ludovic se lève d'un bond.

— Viens, Félix. On se tire.

Elise calme le jeu :

— Vous pouvez bien attendre quelques minutes de plus, ma femme ne va pas tarder. Le problème n'est pas la voiture. Le problème est ce que vous allez faire à Bruxelles.

Ludovic est très sec :

— Ça ne vous regarde pas. Je vais à Bruxelles, je reviens de Bruxelles et je vous ramène votre bagnole dans moins d'un mois, dans l'état où vous me l'avez prêtée. Avec un plein de super. Vous pouvez héberger la petite pendant un mois ?

Félix bondit :

— Vé-le lui ! Pas question, Ludo…

Ludovic pointe son index vers la figure de la gamine d'un geste brusque :

— Ta gueule, Félix. Alors ?

Elise ferme délicatement le couvercle de son Pleyel, contrariée.

— Pour ça aussi, il faut que je demande à ma femme.

Ludovic va péter un boulon, il ne supporte plus l'attitude ambiguë du prof de chant de sa copine. Félix a pourtant tenté de lui expliquer : Elise, avant, était un homme. Il s'appelait Elie et vivait une vie bourgeoise d'cxpcrt-comptable renommé, avec un train de vie respectable, une femme chef d'entreprise, un goût immodéré pour le chant, et avec des problèmes de filles dans sa tête. Elie s'est fait opérer, est devenu Elise, a laissé tombé les chiffres pour devenir esthéticienne mais n'a pas pu quitter sa femme qui lui a offert un salon de beauté au centre-ville. Jusque-là, Ludovic a compris. Ce que le beau blond n'admet pas, c'est le manque d'autonomie de ce drôle de machin bisexué en face de lui.

Elise ! Une carrure de rugbyman, les cheveux de Madonna période Vishnu, les seins de Madonna la période juste avant et la voix de Bernadette Chirac à la fin de son discours de fin d'année aux orphelins de la police nationale (il l'a vu à la télé, l'année passée). Félix se lève et se plante devant son prince charmant :

— Je viens avec toi, Ludo ! Jamais je ne laisserai partir l'amour de ma vie !

Ludovic met sa bouche en cul de poule et susurre :

— Jaaamais je ne laisserai paaaartir l'amouuuur de ma viiie… Mes couilles, Félix. On n'est pas dans un roman-photos. Si je vais à Bruxelles, c'est pas pour faire du tourisme !

— Et c'est dommage. Bruxelles est une bien belle ville.

La voix les a surpris tous les trois. Une Walkyrie entre dans le salon, jette son manteau en alpaga et son foulard Hermès sur le canapé, pose son sac Chanel sur la commode et vient s'asseoir dans un fauteuil club, entre le piano et les deux gamins. Royale. Une femme somptueuse et insupportable d'arrogance. Elle n'a pas un regard vers Elise qu'elle sermonne :

— Tu nous feras bien un thé, Elise ? Je suis épuisée.

Félix est tétanisée, plantée comme un piquet à côté de la table basse en mosaïque. Ludovic est plutôt amusé par cette arrivée théâtrale. Il plonge son regard bleu d'acier dans les yeux de la Walkyrie. Interminable. Deux félins qui s'observent. Félix a disparu de son champ de vision. Oubliée, la gamine pot-de-colle. Ludo a un sourire cynique.

— Bonne idée. Va nous faire un thé, Elise. Il faut que je discute avec la patronne.

— *Le beau chevalier va changer de princesse.*

Quel brise-burnes ! Allez, vas-y ! Démoralise-la, notre mère. Envoie-lui ce genre d'idée dans la cervelle pour lui mettre du baume au cœur.

— *Il ne va quand même pas partir avec celle-là ?*

Je suis bête ! Il va falloir que je m'y fasse. C'est pas mon jumeau qui balance des impressions négatives dans le mental de la gamine. C'est le contraire. C'est lui qui prend dans la gueule tous ses doutes, toutes ses baisses de moral, toutes ses interrogations. Mon double ne fait jamais que traduire ses stress, exprimer son malaise. Et pour l'instant, il a un boulot fou. Ça bouchonne dans les neurones. Trop d'informations contradictoires, trop d'émotions en une seule journée, notre mère n'arrive plus à bien comprendre la situation. En temps normal, elle a du mal. Là, nous frisons l'implosion.

C'est pourtant pas un drame : l'amour ça va ça vient. Si je pouvais lui raconter… mes vies, mes expériences passées, les échecs et les succès, les hasards, les chances, les désillusions, les trahisons… Dire que, dans quelques mois, je serai revenu à la case départ, incapable de faire autre chose que brailler, demander à bouffer, dormir et adresser des mimiques stupides à un aréopage de gâteux penchés au-dessus de mon berceau ! Putain… De notre berceau. J'allais l'oublier, l'autre.

Félix est toujours debout dans le salon, tremblante, mais à trois pas de la table basse, collée au piano. Elise a rouvert le couvercle du Pleyel, délicatement. Elle a joué la traditionnelle gamme en la majeur pour donner un semblant d'indication de tonalité à la gamine. Elise a les yeux humides, les dents serrées. Elle a du mal à articuler :

— Respire comme je t'ai appris, Félix. Et concentre-toi sur le chant. Il n'y a que ça qui est important. Chanter. Pousse la voix…

Elise jette un œil de l'autre côté du hall d'entrée, vers la porte de la chambre où sa femme et le beau Ludovic se sont enfermés voilà maintenant dix bonnes minutes. Elise reporte son attention sur les touches en ivoire, elle retient un frisson :

— … Pousse bien ta voix, Félix. Et ne te laisse surtout pas perturber par les bruits autour de toi. Essaie de les couvrir par la puissance de ton chant. Même si tu entends des cris. Ma femme hurle à la mort lorsqu'elle jouit.

Elise plaque un accord violent. La résonance enivrante des cordes frappées emplit l'espace et disparaît après avoir tourné plusieurs secondes entre les murs de l'appartement. Félix n'est pas arrivée à sortir la moindre note. Elle pleure. En silence.

5

— *Parce que c'est mon désir, wouooo...* Ho, Ludo, des vaches... *Et ces endroits sur ta peau qui me crient encore parce que c'est moi et toi et parce que c'est trop fort...* Ho, Ludo, tu as vu les vaches dans le champs là-bas ?... *Et parce que c'est nous je serai toutes les batailles de ta destinée parce que c'est nous et si ce n'est déjà fait, pardonner, wouho, parce que...* Elles doivent se geler dans leurs champs, toutes seules, les vaches du champ de là-bas... *Parce que c'est moi, et rien que pour ça et c'est* pas normal des vaches dans un champ en plein hiver ? Non ?... *Parce que c'est toi, wouhowouho, parce que je voudrais un enfant, ma bataille, ta destinée, yeaah et parce que...*

— Félix, tu peux pas la fermer quand je conduis ?

DECEMBRE

Félix attend. La voiture est mal garée en face de l'hôtel. La voiture n'est même pas garée, elle est posée n'importe où. Avec Félix comme antivol. Situation valorisante. Mais là au moins la gamine se sent utile. La neige a cessé de tomber sur Bruxelles. Dehors.

A l'intérieur, Félix a l'impression que la grêle n'arrête pas de frapper. Depuis trois jours. Depuis qu'elle est sûre. Depuis Amiens.

Amiens ! La pharmacie de la rue du général Leclerc à Amiens… Le petit café du commerce, juste à côté… Certains lieux d'une banalité affligeante laissent quelquefois des traces indélébiles. Pour Félix, c'est là, la fin de son rêve. La fin de tout. Elle n'a pas chialé. Pas tout de suite. Elle est restée droite, appuyée à ce lavabo entartré mal rivé contre le mur des toilettes. Elle a croisé son propre regard dans le miroir sale, puis a regardé le verre d'urine et le bâtonnet bleui. Test positif, sans appel. Félix a mis sa main droite sur son ventre. Un très léger coup lui est parvenu, comme pour confirmer tout ce qu'elle ne voulait pas admettre depuis quelques jours.

Dépitée, Félix a déroulé son propre film à l'envers, sur un, deux, trois mois. Elle a mécaniquement récapitulé ses rares étreintes avec Ludovic, puis a tenté de remonter plus loin. Le visage rubicond de cette brêle d'Akim lui est apparu. Aussitôt effacé. Elle n'avait pas eu à aller jusqu'au bout avec le frère de Fatima pour lui extorquer l'adresse de son prince charmant. Après un mois de septembre chaste, elle a rebroussé chemin jusqu'au mois d'août. Là, le constat s'est révélé consternant. Elle s'est revue, coincée comme une tortue sur le dos, étalée sur ce bureau directorial de pacotille au milieu des contrats sur papier à en-tête dorés et des C.D. de démonstration, étouffant sous le poids de ce gros dégueulasse. Quatre mois déjà. C'est bien Léo, le père du gamin. Ça ne peut être que lui.

Là, elle a pleuré.

Son bonheur n'aura duré que le temps d'un court voyage agité entre Marseille et Bruxelles. Une semaine de rêve absolu, à vivre la grande vie avec son prince charmant, à rouler en Mercedes, à manger à sa faim dans des relais et châteaux, à se fringuer ailleurs que chez Tati ou au bazar du coin. Ludovic a voulu prendre son temps pour faire ce voyage. Et surtout pas passer par l'autoroute. Trop facile, l'autoroute, pour se faire repérer et se laisser coincer.

Ils ont pris les nationales, les départementales, les chemins de traverse, Ludo conduisant la berline luxueuse et surpuissante comme un taré. La randonnée a bien failli s'arrêter à la sortie de Mâcon, à cause d'un simple barrage de routine installé par la gendarmerie locale. Ludo a pris directement à travers champs, labourant prématurément en transversale un terrain en friche au sol gelé. Le propriétaire des lieux n'a fait aucune difficulté pour les héberger deux nuits, le temps que les forces de l'ordre les oublient. Une partie de l'argent de Ludovic y est resté. Le prince stressant a abandonné un gros paquet de billets sans aucun état d'âme.

Repos forcé, table d'hôte campagnarde. Félix n'avait jamais vu la campagne, avant. Enfin, ce type de campagne-là, avec les veaux, les vaches, les cochons et les couvées. La sérénité du lieu lui a laissé le temps de s'observer. La gamine s'est bien aperçue qu'elle avait grossi. Un peu. L'abus de Bounty volés dans les stations-service ? Les petits déjeuners copieux avalés dans les hôtels deux étoiles ? Les spécialités en sauce servies par la femme de l'agriculteur mâconnais ? Ou les cinq jours invraisemblables passés à Marseille chez Elise et Geneviève, sa femme, avant le départ pour cette escapade nordique merdique ?

Cinq jours fous. Surréalistes. Félix s'est vite résignée face aux parties de jambes en l'air rémunérées entre son chevalier servile et la maîtresse maison. Les tarifs en vigueur dans la villa de Mazargues ont vite eu raison de ses états d'âme de princesse trahie. Généreuse, Geneviève ! Ravie de se trouver un nouveau compagnon de jeu. C'est Geneviève qui a suggéré au jeune couple de rester quelques jours avec elles, avant le départ pour la Belgique. Lassée d'avoir à supporter les vocalises de son castrat de mari et surexcitée par une trop longue période d'abstinence, Geneviève a grassement rétribué les exploits sexuels du beau blond. Ludovic a passé toutes ses soirées à faire le gigolo, deux heures durant, lorsque la dame rentrait de son boulot. Félix en a profité pour travailler sa respiration et sa voix de tête, épuisant les nerfs de son prof de chant et des voisins des villas d'à côté. Charitable, Elise a persisté à dispenser ses conseils avisés à la gamine, au moins pour couvrir le raffut des ébats de sa femme.

Ludovic et Félix ont eu droit à la chambre d'amis, celle aménagée sous les combles. Et pour la première fois depuis toujours, Félix a pu dormir une nuit entière au calme.

Le dernier soir, Geneviève, très maternelle, a confié les clefs et les papiers de sa Mercedes neuve à Ludovic, prétextant que deux mille bornes en Twingo n'étaient pas des plus confortables. Elle avait sûrement envie de retrouver son étalon en pleine forme. Sous le nez d'Elise, Geneviève a tendu une liasse de billets au prince bandant, leur a souhaité un bon voyage et s'est enfermée dans sa chambre. Ludovic et Félix sont partis le soir même.

Ces sirènes sont insupportables. On croirait entendre la bande-son d'une mauvaise série américaine. La police est repassée trois fois sur la place du vieux marché aux grains. Excités comme des mouches, les flics flamands. Un carambolage monstre sur le boulevard de Nieuport paralyse une partie de la circulation autour du canal de Charleroi et la police ne sait plus où donner de la tête pour dégager les accès au conseil économique et social de l'institution européennc. Car ce matin, réunion au sommet pour les dirigeants des multinationales et pour leurs conseillers financiers, ils y vont tous.

Des cadres supérieurs encapuchonnés sortent et rentrent dans le hall de l'hôtel Atlas, très affairés. Deux grooms déguisés en Spirou à l'abri du vent glacial sous l'auvent palabrent en désignant très clairement la Mercedes. Et Félix est dans la Mercedes. Une Mercedes ! heureusement. Ludo aurait pris la Twingo, ils n'auraient même pas pu s'aventurer à proximité du quartier de la Bourse. Sous les regards inquisiteurs des deux portiers, Félix attend. Félix se gèle. Pas seulement à cause de la neige. La trouille y est pour beaucoup. Une trouille viscérale qui lui tord le ventre.

… Et qui commence à me filer la migraine. Elle est trop anxieuse, ma mère.

Là, elle ne stresse pas à cause de moi. Ou à cause de nous. A priori, elle a réalisé qu'il y avait du monde là-dedans. Ça lui a fait un de ces chocs ! Mes premiers coups de pied ont fêté l'événement mais ma présence ne l'a pas mise en joie. Elle avait l'air aussi catastrophée d'être enceinte que moi d'être à nouveau dans le circuit maudit de la vie. Sans compter les réflexions déprimantes de mon alter ego. L'autre ! La gamine n'a pas encore imaginé qu'on puisse être plus d'un dans son ventre. Elle va aller de surprise en surprise, la pauvre môme.

— *Et si ça se passait mal ?*

Merde à la fin ! Le brise-burnes recommence à flipper. Chaque fois qu'il se manifeste, c'est pour une tentative de déstabilisation. Se passer mal ? Qu'est-ce qui peut se passer de pire que d'être en cloque et de crever de froid dans un pays inconnu ?

— *Et s'il ne revenait pas, le prince charmant ?*

Il ne va pas s'y mettre lui aussi, aux histoires de princes charmants ! Les histoires de princes charmants, c'est pour les filles. A moins que… Aïe ! Et si c'était une fille ? Une jumelle ? Le cauchemar continue, je suis embarqué à nouveau dans cette vie de misère avec une merdeuse à me fader toute une existence.

Giclée d'hormones dedans, mouvement de troupe dehors. Alors, tu vois bien qu'il revient, le prince charmant ! Tu as tout faux, merdeuse.

Zut… Raté, c'est pas le beau blond qui revient.

V'là aut' chose ! Il y a bien un nouveau venu en face de notre mère mais il n'est pas charmant du tout, malgré son costume de clown. Elle n'en a jamais vu, des clowns comme ça. Ça l'énerve.

— Vé-le, cette estrasse emmasquée ! Ho carnaval !

Un des deux portiers en faction s'est approché de la Mercedes et s'est mis à baragouiner en flamand une phrase vindicative. Félix en a perdu sa retenue. Elle est blême :

— Parle-moi meilleur et en français, va !

— Je disais, mademoiselle, que vous devriez circuler.

Quel drôle d'accent, ces Belges, quand ils parlent français.

— Ti'es beau, toi ! J'ai pas le permis. Comment tu veux que je circule, coulaud ? J'attends mon fiancé !

Le groom de l'hôtel Atlas en tenue d'apparat ne perd pas son sang-froid.

— Votre fiancé est-il un client de l'hôtel ?

Panique dans les neurones, Félix cherche désespérément un truc intelligent à répondre.

— Qué client ? C'est pas un client… Il est venu chercher un cousin… Enfin… Son oncle !

Pas convaincu par l'explication confuse, le portier s'apprête à appeler du renfort lorsque Ludovic se pointe dans l'entrée de l'hôtel. Ludo pousse devant lui un type très classe en costume sur mesure. Il est collé contre son dos et le dirige comme un pantin. Le portier a l'air surpris et s'efface très respectueusement devant l'homme qui traverse la rue vers la Mercedes. Le groom marmonne juste un :

— Excusez-moi, mademoiselle. Je ne pensais pas que vous étiez parents avec M. de Roseval…

Félix a un sourire narquois :

— … Et du coup, tu me parles meilleur ! Va te mettre à l'abri, va, cabestron !

Très étonné par ce vocabulaire incompréhensible et par l'accent exotique de la gamine, le portier regagne le hall. Au milieu de la chaussée, l'emmasqué croise Ludovic et son oncle d'emprunt en les saluant très poliment. Ludovic a un sourire forcé, pas l'oncle. Pas très chaud, pour des retrouvailles familiales.

M. de Roseval tire une drôle de gueule. Il a le teint jaunâtre, derrière ses lunettes de presbyte et sa moustache rousse. Les deux hommes arrivent à la voiture, quasiment imbriqués l'un dans l'autre. Félix a un mouvement de recul lorsqu'elle réalise que M. de Roseval n'a qu'un bras. A mieux y regarder, elle comprend que le rouquin guindé a bien deux bras comme tout le monde mais que Ludovic lui coince sa deuxième main dans le dos. Et à y regarder de très près, au moindre geste de travers, le bras escamoté du cadre supérieur se brise en deux. Il grimace, M. de Roseval. Il a très bien enregistré que si par miracle son bras ne casse pas, il se prend une balle de .44 magnum à bout portant dans le dos. Ludovic crie :

— Ouvre-moi la portière arrière et grimpe avec lui !

Très tendu, le chevalier serrant. Il est en passe de réussir la phase la plus délicate de son expédition, là où tout est question de vélocité. Félix sort comme un diable de la voiture, elle dérape dans le caniveau. Ludovic blêmit :

— Putain, Félix !

Elle se rattrape de justesse à la carrosserie et fait le tour de la bagnole en un temps record. A peine la portière arrière ouverte, Ludo propulse le quinquagénaire sur la banquette arrière et place le Grizzly dans les mains tremblantes de la gamine :

— Tu lui plaques le canon sur les couilles. S'il bouge, tu tires.

Ludo expédie Félix à côté de l'otage, se glisse derrière le volant et part en trombe, sous l'œil médusé des deux portiers. Ils n'ont jamais vu une réunion de famille aussi mal embarquée.

Malgré la circulation confuse et le verglas omniprésent, le beau blond se faufile en un temps très court jusqu'à la porte de Flandre. Il traverse le canal, évitant de très peu un taxi affairé, un taxi effaré et un cycliste congelé. Avachi sur la banquette arrière, livide, suant malgré le froid, l'otage ne dit rien. Le rouquin est terrorisé. Il plonge ses yeux tristes dans ceux de Félix. Ludo jette un œil dans le rétroviseur et beugle :

— Te laisse pas avoir, Félix ! Il va te la jouer « malheureuse victime innocente ».

Arnaud de Roseval retrouve la parole :

— Mais c'est exactement ça, jeune homme ! Il doit y avoir erreur.

L'homme a une belle voix grave, une voix de décideur, le timbre et le débit d'un type accoutumé aux interminables discours rébarbatifs et qui ne supporte aucune opposition. Un chef. Félix lâche le flingue sur la banquette et bégaie, trop impressionnée par le charisme du rouquin :

— Ludo ! Con de toi ! Tu as dû te tromper, il dit que c'est une erreur !

Ludovic grimpe ses roues sur le trottoir verglacé du quai du charbonnage, évitant deux poteaux de justesse. Il pile dans un dérapage très bien contrôlé. La Mercedes cale. Ludo se met à genoux sur son siège, face au quinquagénaire qu'il empoigne par la cravate. Il lui flanque une paire de gifles claquantes et l'envoie se cogner le crâne contre le montant de sa portière.

— Vous êtes bien Arnaud de Roseval, le numéro deux de Pentaclès France ?

Le rouquin change d'attitude et se redresse, arrogant malgré ses joues et son crâne endoloris :

— Absolument, jeune homme.

Ludovic l'agrippe à nouveau par la cravate et lui assène une deuxième paire de claques sans le lâcher.

— Alors y'a pas erreur ! Enculé !

Ludovic lui crache à la gueule, le renvoie bouler sur le siège arrière à côté de Félix pétrifiée, remet le moteur en marche et repart sur les chapeaux de roues. Elle n'a jamais vu son prince charmant dans un état pareil. Une bête fauve… La bête s'énerve :

— Félix, surtout tu le lâches pas. Il va te faire un coup de salaud. C'est obligé. Cette ordure n'est capable que de planter des coups de salaud. C'est même son métier, c'est un spécialiste !

L'ordure se relève, se cale sur une fesse et proteste :

— Vous savez à qui vous parlez, petit con ?

Ludovic donne un coup de volant violent vers la gauche, le quinquagénaire va cogner son crâne contre la vitre de droite qui explose sous le choc. La tempe en sang, sonné, Arnaud de Roseval rebondit et vient s'étaler sur les genoux de Félix qui en lâche son flingue une fois de plus, révulsée.

— Hiiiii ! Vé-le, Ludo ! Il a trop trop morflé. Il s'est explosé la tronche !

Tout en accélérant, Ludovic toise son otage un laps de temps très court. Il donne un coup de frein pour éviter un camion de sablage, tourne à angle droit et grille un feu rouge pour s'échapper d'un nouveau bouchon. Il hurle :

— Félix ! Bordel ! Il va te baiser la gueule, je te dis. Fourre-lui le canon dans la bouche.

Félix est tétanisée.

— Ti'es trop beau, toi ! Comment je fais ? Je peux pas lui mettre dans la bouche, il est trop large le canon de ton machin… Je…

La Mercedes roule toujours à une allure démente vers le nord, s'éloignant du centre de Bruxelles en longeant le bassin Vergote. Concentré sur sa conduite, Ludovic éructe :

— Jusqu'aux poumons, tu m'entends ! Enfile-lui le canon jusqu'aux poumons, à ce déchet ! Qu'il en crève !

Félix pose le canon sur la bouche d'Arnaud de Roseval qui ne s'ouvre pas, crispée par la douleur. La gamine force, essaie d'écarter ses mâchoires avec deux doigts de sa main gauche, cogne le métal contre les dents mais n'arrive à rien. Une odeur douceâtre la fait reculer :

— Ludo, ça schlingue la mort ! Il va crever !

Ludovic tourne la tête, respire un grand coup et éclate d'un rire inquiétant.

— Ça schlingue pas la mort, ça schlingue l'after-shave Hermès, pauvre gourde. Ce coulaud est entièrement repeint avec un parfum à deux millions de dollars le litre. Comme il sue la trouille, ça fait un drôle de mélange.

Un chat engourdi par le froid tente une traversée devant le bolide. Ludovic ne sent pas le choc, trop concentré sur la route. La grosse berline longe le canal de Willebroek, pénétrant dans Vilvoorde à 120 à l'heure. Ludovic se mordille la joue, étonné qu'aucun flic n'ait encore prêté attention à leur fuite. Le numéro deux de Pentaclès France reprend ses esprits.

— Si c'est de l'argent que vous voulez…

En désespoir de cause, Félix appuie le canon contre le front. Si le rouquin veut parler, ça sera plus simple s'il n'a pas un gros calibre enfoncé jusqu'à la glotte. La réponse de Ludovic est très claire :

— Ton fric, c'est exactement ce qu'on veut pas, salopard !

Ludovic ralentit et emprunte une série de petites rues sinistres. Le blizzard s'engouffre par la vitre brisée et fait voleter quelques cheveux roux sur le crâne d'Arnaud de Roseval, toujours avachi sur les genoux de Félix. La gamine est surprise par la froideur du regard de cet homme, plus dur encore que celui de son prince charmant quand il s'entraîne à déquiller les radios F.M. à coups de .44 semi-automatique dans les décharges publiques.

Changement de régime, changement de quartier. Ludovic engage prudemment la bagnole dans une traviole délabrée. La neige a recouvert les containers éventrés et les épaves de voitures, le sol est immaculé. Ils passent entre deux murs de petites briques grises, des hangars abandonnés tellement hostiles que personne n'a osé les squatter. Les pneus font crisser la glace. La Mercedes se trace un chemin jusqu'à une cour entourée de palissades lépreuses. Ludovic coupe le contact et laisse la Mercedes glisser jusqu'à un muret de protection en parpaing qui surplombe un petit canal gelé.

Le beau blond sort le premier et vient tirer son otage par le col. Arnaud de Roseval s'éjecte de la voiture, les jambes tremblantes. Equilibre précaire. Le cadre supérieur à la gueule tuméfiée tente deux pas ; il s'étale la figure la première dans la neige sale. Un vent mordant s'engouffre entre les façades des entrepôts abandonnés et vient frapper les visages. Mais Ludovic jubile. Il récupère son pistolet dans les mains de la gamine, s'empare d'un appareil-photo Polaroïd abandonné sur la plage arrière et va ramasser Arnaud de Roseval, le nez toujours planté dans la boue glacée et rougie par son propre sang.

Félix se décide à sortir. Elle découvre le champ de bataille choisi par son beau chevalier, un univers morbide à côté duquel les tours du parc Kallisté feraient office de dépliant alléchant pour touristes en mal d'exotisme joyeux. Les murs de cette zone morte se découpent en noir et blanc sur un ciel plombé. Ils sont bien loin, les beaux châteaux imaginés par la gamine, les soirs de solitude extrême. Et le prince charmant n'est pas des plus romantiques : Ludovic vient de redresser Arnaud de Roseval pour lui assener un coup de crosse dans la figure. Sans hésitation, il le pousse dans le canal. L'homme d'affaires bascule par-dessus le muret, cognant du tibia un barreau rouillé qui se désagrège avec le choc.

Arnaud de Roseval disparaît de leur vue. Le bruit de la chute est sec. Une résonance cristalline parcourt le canal gelé d'une rive à l'autre. Le rouquin réapparaît glissant sur le dos, à demi conscient, bras et jambes écartés, étalé sur la glace comme une araignée, le visage en sang. Il termine sa glissade au milieu du plan d'eau, sonné. Le flash du Polaroïd éblouit Félix qui râle.

— Ti'es calu ! Pourquoi tu me prends en photo ? Juste moi ?

Ludovic a un rictus effrayant.

— En souvenir du plus beau jour de ma vie, mon amour !

Les flashes crépitent, c'est la gloire de ma mère ? Ou bien les châteaux en Espagne de mon père ?

— *C'est pas lui, notre père.*

Je sais bien que c'est pas lui, notre père… casse-couilles. La gamine aurait préféré que ce soit ce prince charmant-là, notre père. Mais dans la vie on ne fait pas toujours ce qu'on veut. Et encore, elle commence à douter. Son prince charmant a perdu pas mal de son charisme en très peu de temps. Le beau blond commence à lui faire peur.

— *C'est un vrai cinglé !*

Ta gueule, mon double ! Le prince charmant a sans doute ses raisons. Des raisons très valables auxquelles elle ne comprend rien, malgré les explications interminables. Trop compliqué. Trop embrouillé pour elle.

— *Non seulement ce type est cinglé, mais il va se détruire tout seul !*

Possible. Et après ? S'il se loupe avant d'accomplir son devoir, tant pis. Il aura sa revanche dans une autre vie, ailleurs.

Cette histoire d'amour se termine, je le sens bien. Même si pour elle, la situation n'est pas très claire. Une pensée mal formulée vient de traverser l'esprit perturbé de la gamine. Elle en arrive à souhaiter qu'il disparaisse de son univers. Le fier chevalier mène sa glorieuse bataille sous les yeux d'une dulcinée qui ne le perçoit plus que comme un étrange utopiste révolté, un Don Quichotte qui se battrait contre des moulins emballés par un vent mauvais.

— *Qu'il crève ! Quelle importance puisque c'est pas lui, le vrai père.*

Va savoir quelle tête il a, notre vrai père ? Je vois d'ici les trognes réjouies des proches autour du landau qui chercheront forcément une ressemblance avec quelqu'un de connu. Elle, elle sait qui est notre père. Et ça ne lui fait pas particulièrement plaisir, quand elle se remémore notre enclume de géniteur. J'espère qu'on ressemblera surtout à elle, à notre mère, pour ne pas lui rappeler de mauvais souvenirs chaque fois qu'elle nous regardera. Est-ce qu'elle nous regardera, seulement ? Ho là ! Raz de marée émotionnel, ça doit pas rigoler à l'extérieur.

— *Qu'ils crèvent tous !*

Virulente, la petite voix moralisatrice. Quelle peste, ma sœur ! Ou mon frère, va savoir…

Arnaud de Roseval a bien tenté de se relever mais il s'est aussitôt vautré, paniqué à l'idée que la couche de glace pouvait se briser sous son poids. Il s'est redressé sur ses genoux, posé au milieu du petit canal gelé comme un paroissien repentant attendant l'arrivée du curé dans un confessionnal. Son visage est tuméfié, son costume déchiré, ses lunettes de chez Cartier ont valdingué à dix mètres derrière et il ne comprend toujours rien à ce qui lui arrive. Deux mètres en surplomb, un pied calé sur la petite rambarde rouillée et tordue, Ludovic observe sa proie.

— Je te sens perdu, Roseval !

— Qui êtes-vous pour vous permettre de me tutoyer ? Sortez-moi de là, petit con !

— Moins de graine, Roseval. Tu n'es pas en position de force cette fois.

— Mais arrêtez votre cinéma et vos déclamations de héros de roman-photos. Vous êtes cinglé. Sortez-moi de là, je ne porterai pas plainte mais sortez-moi de là.

— Toute une vie de travail pour en arriver là, coincé au milieu du gué. Trop con comme situation, non ? Tu me rappelles mon père, Roseval.

Ludovic prend une photo du rouquin et récupère le cliché Polaroïd qu'il glisse dans sa poche. Ebloui par le flash, le numéro deux de Pentaclès France a grimacé et a profité du temps mort pour se redresser sur ses jambes vacillantes. Il n'ose pas bouger. Une nouvelle chute et la glace se brise sous lui.

Félix s'est reculée sans bruit. Elle fait quelques pas vers la traviole, prête à tourner les talons. Mais pour aller où ? Qu'est-ce qu'elle est venue foutre en Belgique ? C'est ça, la Belgique ? Il y a seulement quinze jours, elle n'imaginait même pas dans quel sens il fallait partir de Marseille pour se rendre en Belgique. Elle pensait que c'était l'occasion de rencontrer Céline Dion. Ludo lui a fait comprendre assez brutalement que Montréal, c'est au Canada, pas en Belgique et que pour voir Céline, il fallait traverser l'Atlantique. C'est où, l'Atlantique ?

Félix se retrouve comme une dinde, à glousser bêtement et à piétiner dans la neige crade d'une zone industrielle abandonnée. Elle n'ose pas intervenir. Elle n'ose pas s'enfuir. Elle aimerait bien s'enfuir. Loin. N'importe où, rentrer à Kallisté, retourner à Marseille ou partir vers le Canada même si elle ne sait toujours pas où c'est, mais se casser de là. Ludovic n'a plus un seul regard vers elle, transfiguré par sa position d'ange exterminateur. Il se mordille la joue avant de claironner :

— Tu sais où on est, ici, Roseval ?

— En Belgique, petit con.

— Bien vu. On est dans un bled qui se nomme Vilvoorde. Ça te dit rien, Vilvoorde ?

— Soyons sérieux une seconde. Je n'ai aucun rapport avec l'industrie automobile. Je suis le numéro deux d'une multinationale pharmaceutique…

— Ah ! Alors tu te rappelles Vilvoorde ?

— Si ça vous fait plaisir, oui je me rappelle Vilvoorde. Mais arrêtez de me tutoyer. Nous n'avons pas gardé les cochons ensemble. OK, je me rappelle Vilvoorde. Et après ?

Ludovic, surpris, marque un temps d'arrêt :
— Tu as gardé les cochons, Roseval ?
L'ange exterminateur éclate de rire et se penche vers sa cible tremblante :
— Tu n'es pas crédible une seconde, Roseval. Les rejetons de l'aristocratie ne gardent pas les cochons. Les rejetons de l'aristocratie font des études supérieures pour garder les commandes du pouvoir. Et une fois aux commandes, si l'avion devient trop lourd à manœuvrer, l'aristocratie depuis la tour de contrôle demande aux rejetons qui pilotent l'avion de virer les passagers encombrants sans se soucier s'il y a des parachutes. J'ai pas raison, Roseval ?

Encore une grande tirade imbitable. Félix n'y comprend absolument rien. C'est la suite d'un discours idéologique fumeux que Ludovic lui a infligé depuis leur rencontre et auquel elle ne capte rien. Trop embrouillé.

Dès le début, elle n'a pas compris pourquoi c'est pas bien d'essayer de gagner du pognon. Céline Dion gagne plein de pognon, Ophélie Winter gagne plein de pognon, Ricky Martin gagne plein de pognon. Et en plus, il est beau, Ricky Martin. Trop trop Beau. Gagner du pognon, c'est son rêve. Comme Mel C, des Spice Girl, comme Adriana Oxbus ou comme Leonardo di Caprio. Félix se verrait bien signer des contrats en or comme Clarisse Worx ou comme Larusso, sur la terrasse ensoleillée d'un hôtel de luxe avec la vue sur la mer, la vraie mer de la Côte d'Azur à Cannes, pas la plage du Prado à Marseille. Félix s'imaginerait bien poser comme Alvina Stuart pour les photographes des magazines avec les organisateurs de tournées à ses pieds.

Et avec tout ce pognon gagné comme chanteuse internationale, elle achèterait une maison avec un chauffage qui marche sans avoir à voler les bouteilles de gaz, une douche qui coule sans avoir à resserrer les robinets chaque fois avec une pince bec-ro, des lits avec de vrais sommiers pour que les cancrelats ne viennent plus faire les acrobates sur les couvertures la nuit, et aussi un congélateur silencieux rempli des pizzas de première main. Le luxe intégral. Avoir du fric, en profiter, en faire profiter. Félix a même imaginé qu'elle pourrait payer un bar à son beau-père et sa mère, c'est leur domaine de prédilection. Un vrai bar, et même dans un quartier chic, et même avec un coin restaurant, et même avec une nounou pour les deux gnards de sa mère.

Elle ne comprend pas pourquoi Ludovic s'acharne sur ce type parce qu'il est directeur d'usine, de pharmacie ou de ce qu'il veut. Elle ne comprend pas ce qu'elle glande sur un terrain vague gelé de la banlieue de Vilvoorde. Et pour tout dire, Félix, Vilvoorde, ça ne lui dit rien du tout.

Arnaud de Roseval a l'air au courant :

— Bon ! Alors, Vilvoorde ? Bien sûr, je me rappelle Vilvoorde. Où est le problème ?

Ludovic prend une nouvelle photo qu'il range dans son blouson avec la précédente.

— Il n'y a aucun problème, Roseval. Pour vous, les décideurs tranquillement assis dans vos bureaux climatisés, il n'y a jamais aucun problème ! Renault fait des bénéfices ahurissants et en profite pour fermer le site de Vilvoorde. Deux mille personnes sur la paille. Deux mille familles foutues. Drôle d'histoire, non ?

— Ça ne fait rire personne, jeune homme.

— Faux, Roseval ! Ça fait hurler de joie tous les boursicoteurs du monde entier. L'action de Renault monte en flèche. Sans scrupule, six mois plus tard et à grand renfort de publicité, Renault ouvre une usine flambant neuve en Russie pour remplacer les chaînes de fabrication arrêtées ici. Les ouvriers d'ici, ils sont devenus quoi ? Ils ont résisté quelques mois. Ils se sont résignés. Tu trouves ça normal, Roseval ?

— Non, je ne trouve pas ça normal, petit con. Je ne trouve pas normal qu'ils aient gaspillé leur temps dans une contestation stérile sur une situation inéluctable. Je ne trouve pas normal qu'ils aient perdu une énergie considérable à nous emmerder au lieu de s'activer pour remonter un autre projet performant…

— Performant, Roseval ? Ça te plaît, ce mot « performant ». Ton vocabulaire me fait gerber, Roseval. Performant et dynamique. Pour devenir numéro deux d'un grand groupe comme le tien, il a dû t'en falloir, des coups tordus dynamiques et performants…

— Je ne vais pas vous faire maintenant un cours sur l'économie de marché. Sortez-moi de là et…

— Je me fous de l'économie de marché, Roseval. Tu as pensé à ces vies détruites ?

— C'est une restructuration, petit con. Tout le monde fait ça, c'est pour le bien de l'entreprise.

— Tout le monde fait ça ! Michelin fait ça, Daewoo fait ça, Moulinex fait ça, Rhône Poulenc fait ça, Pentaclès fait ça. Mon père aussi aurait aimé faire du bien à son entreprise. Mon père… Mon père est…

Ludovic bloque. Le visage du beau blond se durcit. Il se mordille la joue, baisse les yeux, respire profondément et pointe son arme vers le rouquin. Son bras tremble et son index se crispe. Le numéro deux de Pentaclès France pâlit un peu plus et monte ses mains en avant :

— Bon, soyons raisonnable. Sortez-moi de là et on pourra discuter… Pour votre père, je vais voir ce que je peux faire…

— Ne bouge pas, enculé !

Ludovic a hurlé. Félix a instinctivement collé ses mains contre ses oreilles, prête à se protéger du vacarme du coup de feu. Elle n'en peut plus, la gamine. Elle veut rentrer chez elle. Vite. Qu'il tire ! Qu'on en finisse.

— *Mais qu'il tire ! Et qu'on parte de ce congélateur ! Allez, tue-le.*

Quelle peste, ma sœur.

Une fille… Ça ne m'étonnerait pas que ce soit une fille. Une merdeuse. Méchante comme une teigne. Une qui minaudera dans sa petite robe rouge qui tourne, avec ses cheveux longs tressés en natte, ses grands yeux bleus de chipie et ses socquettes blanches dans ses petits souliers vernis à boucles. Parce qu'une vraie petite fille, ça a les cheveux longs exprès, les robes à volant qui tournent exprès et des chaussures vernies qui font énormément de bruit sur les parquets cirés des appartements de grand-mères attendries.

Une fille. Une qui jacassera sans arrêt, qui passera un temps fou à recoiffer sa poupée Barbie en se disant que plus tard, elle sera comme Barbie avec un Ken très sportif et bien à elle, des amies Barbie pour prendre le thé avec, une maison avec bow-window et jardinet propret remplie de babioles roses et une voiture décapotable rose pour aller jouer au golf avec les copains de Ken. Une qui attirera toutes les attentions, c'est tellement mignon, une fille, et tellement rigolo, avec ses expressions de petite bonne femme alors que les garçons sont si agités, sales et turbulents, regardez son frère ! Et ce sera moi son frère que les copines de ma mère observeront, les yeux pleins de reproches.

Une merdeuse. Une qui se déchaînera pour faire les pires conneries et qui se débrouillera toujours pour prouver qu'elle n'y est pour rien avec une mauvaise foi typiquement féminine :

« C'est la faute à mon frère ». Encore et encore, inlassablement. Une qui fera des crocs-en-jambe vicieux en regardant ailleurs, qui sera première en classe, qui obtiendra son diplôme avec un an d'avance et avec mention, qui draguera les copains de son frère comme une délurée et ses profs de philo comme une intello sans jamais passer à l'acte. Une agaçe-pissette. Une qui fera les yeux doux à son voisin de rangée pour récupérer en douce les solutions à l'interro de maths et qui se démerdera pour faire virer le malheureux fort-en-thème en prétextant que c'est lui qui a copié. Une qui passera dix minutes par jour devant le miroir de la salle de bains en mimant les chanteuses à la mode et en observant ses seins qui poussent.

Une petite bonne femme insupportable. Une qui se peindra les ongles des pieds comme maman à partir de l'âge de trois ans, qui pratiquera le chantage affectif à partir de cinq, qui allumera les adultes à partir de douze, qui lira des revues porno en cachette à partir de quinze et qui mécanisera son mari à partir de vingt. Une qui terrorisera ses enfants pour obtenir de si dérisoires résultats scolaires, qui hurlera de douleur au moindre grain de poussière sur la commode de la salle à manger de style, qui tournera de l'œil d'admiration à chaque syllabe ânonnée par son prof de tennis, qui bavera sur les amies absentes pour divertir les amies présentes, qui épuisera de boulot son con de mari pour se payer des croisières de luxe animées par des chanteurs à la mode et qui, « exceptionnellement et que ce soit la première et la dernière », lui accordera une soirée avec ses copains de régiment contre l'achat d'une petite voiture « dernier-modèle-regarde-comme-elle-est-chou-la-femme-de-ton-collègue-de-bureau-a-la-même-depuis-trois-mois-on-va-encore-passer-pour-des-ploucs-chéri-fais-le-chèque-de-toute-façon-je-l'ai-réservée-pas-de-problème-le-concessionnaire-nous-l'a-commandée-en-rose-métallisé ».

Une fille. Une qui passera les cinq étapes obligées de la vie d'une femme avec brio : fille à claques, femme à gifles, mère à migraine pas ce soir chéri, maîtresse à poigne et grand-mère indestructible et acariâtre, à faire devenir chèvre jusqu'à sa dernière infirmière au centre de gérontologie. Jusqu'au bout. Un boucan.

Ma sœur. J'avais déjà pas envie de me retaper l'expérience d'une vie entière tout seul, il n'est pas question que je vive cet enfer à deux. Surtout avec une merdeuse. Plutôt mourir.

Pour l'instant, c'est surtout à l'extérieur que les vivants ne sont pas flamme. Les émotions fortes nous envahissent par vagues démesurées. Si ça s'éternise, elle va craquer très vite, ma mère.

— Si ça s'éternise, elle va craquer très vite, la glace !

Ludovic sursaute. Il avait oublié son karaoké ambulant, trop concentré sur sa proie et sur son propre drame familial. Félix n'ose pas, mais elle voudrait bien lui dire d'arrêter ce cirque sinistre. Elle ne trouve pas les mots. De toute façon, Ludovic est obnubilé par sa mission d'ange de la mort. Il ne lui répondrait rien.

Une rafale de vent s'engouffre entre les hangars, quelques tôles frémissent et la neige se remet à tomber. Arnaud de Roseval est toujours isolé au milieu du canal, planté comme un gland à quelques mètres de chaque rive. Il regarde en l'air et cligne des yeux, les sourcils et la moustache blanchis par le givre. Il regarde en dessous de lui et aperçoit deux poissons alertes qui se faufilent sous la glace translucide. Il regarde une rive, puis l'autre. Il dévisage ce jeune cinglé en face de lui qui vient de l'éblouir une fois de plus avec son appareil-photo au déclenchement grinçant. Il réfléchit à toute vitesse, comme il n'a jamais réfléchi dans sa vie.

Il n'est plus question d'indices, d'investissements, de restructuration, de jetons de présence, de spéculation boursière et d'informatisation en réseau. Il n'est plus question de D.R.H., de CAC 40, de R.P., de C.E., de B.M.W., de L.V.M.H… Il est simplement question de sa vie. Ou de sa survie. Arnaud de Roseval ne trouve pas d'issue. Le beau blond n'en veut pas :

— Roseval ! Tu vas souffrir ce que mon père a souffert.

— C'est absurde…

— C'est pas plus absurde que de dire qu'on licencie les employés pour sauver l'entreprise. L'entreprise sans les employés, c'est quoi ?

Félix se décide. Elle fait deux pas vers son chevalier démonté et tente de calmer le jeu :

— T'engatse pas, Ludo. C'est comme une chanteuse sans orchestre. Si ti'as une bonne bande play-back, ça marche quand même. Et même, des fois ça marche mieux. Pas besoin de te fader des musicos casse-couilles et à cheval sur les horaires syndicaux et…

Ludovic fait demi-tour sur place et braque son canon vers le minois gelé de Félix.

— Encore une explication à la con comme celle-là et je t'éclate la tête. Là non plus, ça sera pas dramatique. Ça marchera mieux et j'aurai plus besoin de me fader une radasse casse-couilles, à cheval ou pas sur les horaires, et qui baise comme un sac de foin.

Félix éclate en sanglots et réintègre la voiture. Elle se rassoit sur le siège avant et boude. Le numéro deux de Pentaclès France a profité de l'altercation pour tenter une avancée vers la berge. Ludovic prend un cliché de plus, qui stoppe net toute tentative de fuite. Il laisse tomber l'appareil-photo sur sa poitrine, relève son pistolet et vise la tête de son otage. Arnaud de Roseval se fige et croise le regard de fou de Ludovic. Le beau blond hurle un « bang ! » qui résonne et fait fuir deux corbeaux blasés. Terminé ! Le rouquin a perdu. Fin de la route. Trop con. Il tente un dernier joker, place ses bras en croix, implorant son bourreau :

— J'ai une femme, deux enfants…

— C'est marrant, ça. Mon père, c'est pareil.

Ludovic vise plus bas, vers le ventre. Il réfléchit encore et vise les jambes. Le quinquagénaire ferme les yeux et attend le choc fatal. Mais rien n'arrive. Ludovic vise encore plus bas, devant les pieds d'Arnaud de Roseval et tire. La balle traverse l'épaisse pellicule de glace. Dans un grincement sinistre, toute la couche s'étiole. Des fissures parcourent le canal d'une rive à l'autre en quelques secondes. Deux plaques basculent et Arnaud de Roseval s'enfonce dans l'eau en criant. Sans se démonter, Ludovic empoigne son appareil-photo et prend quelques clichés de l'agonie bruyante du représentant du grand patronat. Tout en récupérant les photos qu'il range dans sa poche, il porte la voix pour que Roseval puisse entendre un minimum :

— Je me demande combien de temps tu vas mettre, Roseval.

En guise de réponse, le quinquagénaire bat des bras, remuant une écume noirâtre.

— Tu vois, Roseval, mon père a mis huit secondes pour se voir mourir. Il s'est jeté du cap Canaille, la plus haute falaise d'Europe. A Cassis. Tu connais Cassis, Roseval ? Forcément, tu connais Cassis. C'est un coin pour les visiteurs du Nord, Cassis. C'est plus classieux que Marseille, Cassis, avec ses restos à poisson sur le petit port de pêche si exotique. Hein, Roseval ?

Roseval essaie de s'accrocher à une plaque de banquise et tente une lente remontée. Il ne dit rien, trop concentré sur sa survie.

— Les repas d'affaires à Cassis ? Mais oui, Roseval, souviens-toi ! Les notes de frais somptueuses, pour venir fermer les sites pas assez rentables de ton groupe de requins…

Le numéro deux de Pentaclès France arrive à s'asseoir sur sa plaque de glace qui flotte comme un bouchon au milieu du canal. Grelottant, il plonge sa main dans sa veste trempée et en sort une petite liasse de billets dégoulinants. Le froid l'empêche d'articuler quoi que ce soit. Ludovic fait signe que « non », avec la tête.

— L'argent, Roseval ! Tu n'en sors pas. Toi, c'est la finance ? Mon père, c'était plutôt la recherche fondamentale. Il était chercheur, mon père. Il a travaillé vingt ans pour toi, mon père. Vingt ans dans le même labo, à plancher sur le même virus. Il était à deux doigts de trouver une molécule miracle, un produit révolutionnaire mais le site de recherche a fermé. Pas de chance, hein ?

— Sortez-moi de là !

— C'est marrant, Roseval ! On dirait ma mère.

— Mais arrêtez vos conneries ! Une fois je ressemble à votre père, le coup d'après c'est à votre mère ! Vous êtes cinglé… Sortez-moi de là !

— C'est exactement ce que hurle ma mère quand je vais la voir, à Edouard Toulouse. Tu connais pas, Edouard Toulouse ?

Il connaissait Vilvoorde, il n'a aucune idée sur Edouard Toulouse. Il faut être marseillais pour assimiler le nom d'Edouard Toulouse à un hôpital psychiatrique. Le quinquagénaire n'a pas cette culture-là. Il ne répond plus rien, ignorant son bourreau.

Sur son dérisoire radeau, Arnaud de Roseval essaie de pagayer avec une main pour rejoindre une berge. Sa peau tourne au bleu, sa moustache dégouline de stalactites. La neige commence à le recouvrir d'une fine pellicule blanche qui se colle à son costume trempé. Ludovic triomphe. Il prend un cliché de plus mais la photo Polaroïd s'échappe de ses doigts engourdis et volette jusqu'au canal. Le rectangle blanc se pose à fleur d'eau et commence une lente traversée vers l'iceberg du rouquin congelé. L'image d'Arnaud de Roseval coincé sur son glaçon apparaît progressivement sur le support brillant. Ludovic est pris d'un fou rire terrible, incontrôlable. Il sautille sur place.

Enfermée dans la Mercedes, Félix a plongé sous le tableau de bord. La tête blottie dans le siège du conducteur, elle ne veut rien voir de cette abomination. Il n'est plus du tout charmant, son prince. Les hommes sont bien tous les mêmes…

Je rêve, ma mère deviendrait-elle lucide ?

Elle doute des qualités intrinsèques des beaux mâles ? Bonne nouvelle, elle mûrit. Mauvaise nouvelle, elle ne m'aimera pas. Et ma sœur sera la grande gagnante à la loterie des atomes crochus.

Bonne nouvelle, elle ne nous aimera pas si ma jumelle est un jumeau.

Parce qu'en fait, j'en sais rien. Une fille ? Un garçon ? Je n'ai aucun indice fiable pour deviner le sexe du boucan qui squatte avec moi le ventre de cette pauvre gourde. J'ai bien récapitulé toutes mes expériences précédentes, c'est la première fois qu'on est deux à naître ensemble. C'est aussi la première grossesse que je subis aussi agitée et aussi forte en émotions. Je ne me souviens pas exactement de tout ce qui s'est passé lors de mes gestations antérieures mais c'est la première fois que les événements se bousculent avec autant d'angoisse.

C'est marrant, comment la mémoire revient, comment les souvenirs fluctuent en fonction des situations. J'ai vécu le même phénomène pendant les grossesses précédentes. Des bribes très précises de mes premières vies me sont revenues très tôt, peu de temps après ma conception. Mes souvenirs intra-utérins ont déboulé plus tard, à chaque fois. Le plus dur consiste à mettre un semblant d'ordre dans tous ces relents d'images et d'émotions.

J'ai quelques souvenirs précis gravés dans mon esprit, toujours des moments pathétiques, souvent les fins de mes vies précédentes. La chronologie n'est pas sûre.

Je revis souvent une charge de cavalerie tragique, dans les ruines de la ferme d'Hougoumont, sous les ordres du lieutenant Demulder, pendant la bataille de Waterloo. Je revois très bien la mine consternée d'Adolf Hitler et d'Eva Braun dans le blockhaus qui devait leur servir de caveau funéraire, juste avant le suicide collectif final. J'étais leur majordome, je crois. Juste retour de la providence, j'avais été bombardé au beau milieu d'un cimetière par la 2e armée allemande du prince Frédéric-Charles à la bataille de Saint-Privat dans ma vie précédente.

Bien avant, j'ai été rabatteur de gibier dans une chasse en Bourgogne, Louis XV nous avait visités et il était un piètre tireur. J'ai été berger en Corse, à un moment donné, sans plus de précisions de date. Une existence très rude, très sommaire. La nature est parfois sauvage, les Corses aussi. J'ai fréquenté un harem dans un pays chaud, mon souvenir le plus perturbant dans cette vie-là étant le jour de ma castration.

J'ai gardé une image très forte de la nuit de la Saint-Barthélémy, je devais être protestant. Par contre, j'ai très peu de souvenirs de ma dernière vie, d'une banalité consternante, une vie de petit employé sans relief. Je revois juste un camion qui m'arrive pile en face, tous phares allumés, très impressionnant. Comme à chaque fois, toutes ces réminiscences vont disparaître au moment de l'accouchement, amnésie indispensable. Plus tard, ma mère fera des rêves incompréhensibles. Je ferai des cauchemars perturbants. Des lieux inconnus me troubleront, je rencontrerai des hommes et des femmes avec une impression d'intimité forte. Je croiserai peut-être un jour la réincarnation du malheureux qui n'en finit plus de crever sous les yeux éberlués de ma mère.

— Tu es un monstre, Ludo ! Achève-le ou sauve-le mais…

Le coup de poing part, sec, violent. Félix se retrouve le cul par terre dans la neige sale, la joue endolorie.

— Remonte dans la voiture. J'attends ce moment depuis un an, ne viens pas me le gâcher.

Félix essuie une larme et se relève, une main sur le ventre, hypnotisée par le spectacle lugubre qui se termine sur le canal. La représentation événementielle tire à sa fin. Arnaud de Roseval a perdu le look de cadre supérieur arrogant qu'il arborait il y a à peine une demi-heure. L'homme est transi, il ne tremble plus. Allongé en équilibre précaire sur son iceberg de fortune, il est recouvert de neige et l'eau a commencé à geler sur son visage. Il n'arrive plus à gémir. Il agonise. Ludovic prend encore une photo et regarde le compteur de l'appareil. Le prince charmant ricane :

— Hé, « Roseval on ice », il m'en reste une. Le dernier portrait, pour tes héritiers. Je vais essayer de pas la rater !

Le beau blond se retourne vers Félix en lui tendant le pistolet.

— Tiens, profite. Il bouge encore, entraîne-toi !

La gamine s'avance d'un pas hésitant vers Ludovic, cet ange de la mort odieux. Elle ne le supporte plus. De quel droit ce jeune connard ose-t-il tuer un homme, sous prétexte que, plus balèze que son père, il a mieux réussi dans la vie ? La jalousie peut mener à un comportement aussi débile ? Félix dévisage Ludovic sans comprendre. Toute cette lugubre mascarade pour venger un père qui a craqué en cours de route ? Il devrait s'estimer heureux, Ludovic, d'avoir au moins su qui était son père. Elle n'a jamais connu le sien. Félix caresse son ventre, discrètement. Il n'y a aucune raison pour que son propre gamin ne sache jamais qui est le sien, non plus. Et ce pauvre type en cours de congélation, il a des gamins aussi…

Ludovic lui présente le Grizzly par la crosse, un air de victoire en travers de la gueule, alors qu'un râle leur parvient du canal. Félix craque, ses nerfs lâchent. Sans rien dire, elle balance une gifle sonnante dans la gueule du beau blond. Ludovic trébuche, épaté par la réaction de la gamine. Sans respirer, elle lui met une seconde baffe aussi violente que la précédente. Ludovic bloque le poignet de la gamine avant la troisième. Il se mordille la joue et lui tend à nouveau le .44 :

— Alors ? Je le finis ou c'est toi ?

Félix s'empare du flingue. Le contact avec l'acier gelé la pétrifie. Elle s'approche de la berge en hésitant et vise maladroitement le quinquagénaire au milieu du canal. Le temps semble s'arrêter. Elle croise le regard perdu d'Arnaud de Roseval, ce regard qui la paralysait il y a peu dans la voiture et qui semble l'implorer. Elle est trop bouleversée pour analyser si l'homme espère encore qu'elle vienne à son secours ou s'il souhaite qu'elle l'achève le plus vite possible. Félix se tourne brutalement vers Ludovic, le pistolet à bout de bras et vise son prince charmant entre les deux yeux. Le beau blond perd beaucoup de sa superbe :

— Hé ! Déconne pas ! Tu fais quoi, là ?

— Tu veux que je m'entraîne, espèce de jobastre ? Et pourquoi je m'entraînerais sur lui plutôt que sur toi ? Qui ti'es, toi, d'abord ? Et qu'est-ce qu'il a fait de pire que toi ?

— Qu'est-ce qu'il a fait, pauvre gourde ? J'essaie de te le faire comprendre depuis un mois ! Ce type est le symbole vivant du cynisme meurtrier de l'économie libérale. Ce type a tué mon père et a rendu ma mère folle, et tu me demandes ce qu'il a fait ?

Félix ne baisse pas le canon d'un millimètre.

— Ton père, c'est un suicide. C'est pas Roseval qui te l'a tué.

— Rends-moi le flingue, Félix !

— Pas question !

Ludovic bafouille une syllabe incompréhensible, respire à fond et se reprend, pointant un index accusateur vers le cadre supérieur congelé :

— Des gens comme Arnaud de Roseval ont tué mon père. Tu sais combien il y a de cas de suicides tous les ans dans le monde, à cause des restructurations ?

— Y'a que les mauviettes qui se suicident !

Ludovic accuse le coup mais ne la lâche pas du regard. La gamine a toujours un doigt sur la détente. Le Grizzly est toujours pointé vers son front. Un mouvement malheureux et elle lui satellise le cervelet. Ludovic s'exprime calmement malgré son trouillomètre descendu très près de zéro :

— Des gens comme cet enculé de Roseval prennent leurs décisions en toute impunité simplement parce qu'ils ne risquent rien, eux. Ça n'est même pas de l'inconséquence, Félix. C'est du cynisme. Donne-moi ce pistolet…

— Non !

Cynisme, inconséquence, Félix commence à s'embrouiller. Si seulement elle savait ce que ça veut dire « cynisme » et « inconséquence ». Ça repart trop compliqué pour elle, comme chaque fois que Ludovic essaye de lui tenir un de ses discours idéologiques à la noix.

— C'est une vraie guerre, Félix. Pour l'instant, cette guerre n'a fait de victimes que dans un seul camp, le nôtre, celui des malheureux pigeons de service. Les combattants du camp adverse n'imaginent pas qu'on puisse atteindre leur intégrité physique. Et c'est là qu'ils ont tort, parce qu'à partir d'aujourd'hui…

En guise de confirmation, un cri déchirant leur parvient. Arnaud de Roseval vient de tenter un rétablissement mais la plaque de glace se brise à nouveau et bascule sous son poids. Il disparaît sous l'eau pendant deux secondes interminables puis réapparaît en beuglant et en crachant. Ludovic se mordille la joue et s'écarte, sans se soucier du flingue braqué vers lui. Il est en train de rater le clou de sa propre mise en scène.

— Bouge pas, Félix. Je reviens !

Le beau blond oublie la gamine avec son gros calibre à bout de bras et s'approche de la berge pour prendre le dernier cliché. Un ultime coup de flash aveugle le rouquin dont on ne voit plus que la figure sortir hors de l'eau. Ludovic regarde la photo Polaroïd se révéler. Il revient d'un pas décidé vers son karaoké ambulant, lui reprend le Grizzly des mains sans rencontrer de résistance, repart vers la rambarde rouillée en surplomb du canal et tire. Sans aucune hésitation.

La tête d'Arnaud de Roseval éclate comme une tomate trop mûre. Le rouquin coule aussitôt, disparaissant sous la plaque de glace rougie. Le coup résonne longtemps entre les murs des hangars abandonnés. Félix ne dit rien, estomaquée, presque soulagée. Ludovic lève la photo au-dessus de sa tête, glorieux, et porte sa voix très fort :

— Je leur déclare la guerre, Félix. Solennellement. Aujourd'hui. Ils vont être surpris, ces enculés. Jusqu'à aujourd'hui, la seule réponse à leurs attaques meurtrières étaient la résignation collective et le sauve-qui-peut individuel. La résistance s'organise.

— Elle s'organisera sans moi, ta résistance, la con de tes morts !

Sur cette contre-déclaration énervée, Félix tourne

les talons et s'en va d'un pas rapide, remontant le col de son anorak sur ses oreilles rosies par le froid, sans avoir aucune idée sur la direction à prendre pour s'échapper de ce cauchemar.

— *Et où on va, là ? On est perdus ! On va jamais s'en sortir, dans ce pays de cinglés !*

Mon jumeau est d'un pessimisme insupportable. C'est pas forcément une fille, il y a aussi des mecs défaitistes et casse-couilles. Une garçon… Pourquoi ça serait pas un garçon, finalement ?

Mon frère.

Un boucan, un vrai.

Prétentieux et suffisant. Un qui fait le mariole dès l'âge de deux ans, dès sa première voiture à pédales qu'il conduit un bras à la portière, gourmette en vue. Un qui gère ses voisins de crèche comme une P.M.E. performante. Un qui a toujours le cartable bien rangé, le bureau en ordre, l'ardoise nettoyée, les crayons taillés et alignés dans la boîte encore complète avec toutes les couleurs et la chambre tirée au cordeau avec les peluches à la parade sur le dessus de lit à motif de petits soldats, le coffre à jouets qui se ferme sans avoir à s'asseoir dessus et toute la collection de la comtesse de Ségur placée par ordre chronologique dans la petite bibliothèque sous la mappemonde qui s'allume.

Un garçon brillant, paré pour un avenir glorieux. Un qui moralisera sans arrêt, qui passera un temps fou à expliquer aux autres ce qu'il faut faire ou pas et qui fera ce qu'il veut, qui sera premier au classement général à partir de cinq ans, qui aura des lunettes à partir de sept ans et des responsabilités politiques à partir de douze en se faisant élire chef de sa classe et représentant de tous les élèves des sixièmes de son collège à l'unanimité moins une ou deux voix seulement. Un triomphe. Un qui attirera toutes les attentions, c'est tellement étonnant, un petit bonhomme déjà si mûr et responsable, avec ses expressions de petit mec alors que ses copains sont si agités, turbulents et immatures, regardez son frère ! Et c'est encore moi, son frère, que les copines de ma mère jugeront, les yeux pleins de dépit.

Un boucan. Un qui se débrouillera très bien pour faire marner les autres et récupérer les lauriers, avec une mauvaise foi et une fausse modestie insupportables. Un qui escamotera en douce les goûters au chocolat à onze ans et les copines que j'aurai péniblement draguées à seize. Un beau gosse, en plus. Un qui aura une dégaine de playboy alors que les autres auront la gueule couverte d'acné juvénile, un qui roulera en moto alors que les autres se traîneront en vélo, un qui frimera avec la reine du lycée devant un parterre de puceaux bavant d'envie.

Un qui, plus tard, se mariera avec une fille d'une beauté époustouflante, qui lui fera deux beaux garçons si intelligents et si brillants, qui divorcera en copain et se remettra à la colle avec un top-model de vingt ans de moins que lui alors que moi, son frère, me cognerais à vie une pouffe que j'aurais épousée parce qu'enceinte jusqu'aux yeux, doutant pour toujours de ma paternité.

Un qui gérera une entreprise prospère, avec une filiale aux Bahamas, une filiale à Singapour, une usine à Marrakech et des perspectives d'avenir éblouissantes. Un qui prendra sa retraite dans une forme olympique et entamera un tour du monde sur son voilier de vingt mètres de long, alors que j'aurai passé ma vie dans le bureau sinistre d'une administration, à me fader un chef de service caractériel, à draguer les nouvelles secrétaires en prenant des vestes mémorables à chaque fois, à attendre l'heure quotidienne de l'apéro avec les collègues du tri postal et l'apéro mensuel des départs à la retraite en organisant la collecte pour le petit cadeau d'adieu, jusqu'à ce que ce soit à mon tour de trinquer une larme à l'œil en psalmodiant mon petit discours d'au revoir en dépaquetant la surprise : « Mon Dieu un radio-réveil-calculette, comme je suis touché, merci, merci encore à tous, qui a pensé à ça ? Ça me fait tellement plaisir un cadeau aussi original, toute ma retraite je penserai à vous tous chaque fois que je regarderai le réveil en écoutant la radio » pendant qu'une infirmière acariâtre s'occupera du traitement pour ma prostate déficiente, au centre de gérontologie. La vie, quoi !

La vie.

C'est ça la vie ? Plutôt mourir. Et le plus vite possible. Pas la peine de faire endurer les douleurs de l'accouchement et le fardeau de l'éducation de deux larves à cette pauvre gourde qui nous sert de mère.

— *Parle pour toi, pitre arriéré ! Il n'est pas question de s'arrêter là.*

Comment ça, « parle pour toi » ? Il me cause, maintenant ? Un nouveau délire ? C'est à cause du froid ou des émotions fortes ? Mon jumeau pourrait s'adresser à moi ?

— *Comme toi, pitre sinistre ! Pareil !*

Il s'adresse à moi pour de bon.

— *Et alors ! On est dans la même galère, toi et moi. Et tu as pas intérêt à la démoraliser, la petite, avec tes suggestions à la con.*

Mes suggestions ? V'là aut' chose ! Mon jumeau perçoit toutes mes réflexions. Cette situation est insupportable. Suffocant. Et ça fait longtemps que ça dure, cet espionnage pervers par l'ennemi intérieur ?

— *Ennemi intérieur toi-même, pitre stupide.*

Merde. C'est une abomination. Je ne vais plus pouvoir gamberger sans que cette enclume ne soit au courant de mes moindres idées, de mes moindres sentiments. Tout partager, à l'égal l'un de l'autre, avant même d'être nés ! Je ne vais jamais pouvoir l'endurer. Les mois à venir de cette grossesse déjà très mal embarquée vont être intenables. Pas vrai, casse-couilles ? Que ça va être intenable ?

— *Qu'est-ce qui va être intenable ?*

Mais il est con ou quoi ? A moins que... Connard, connard, connard !... Hé ? Pas vrai que tu en es un somptueux ?

— *Que je suis un somptueux quoi ?*

Bingo ! Mon jumeau capte bien les réflexions que je projette en dehors de moi mais ne saisit rien de ce que j'arrive à garder pour moi. Sauvé ! Je vais pouvoir sauvegarder un semblant d'intimité. C'est une chance !

6

— … *Sunny Love Roof Garden, yéaééé… Raconte, mon cherry chéri babe à moi, yeaaaa mon cherry chéri babe à moi… Yeaaa… Cherry chéri me fascine, je cours sur les rivages, j'ai le cœur en nage, et même quand il me partage, il me terrasse d'amour… Terrasse d'amour.*

— Vous voulez de la moutarde avec votre saucisse ?

— C'est plus cher ?

— Non. C'est pareil.

— Alors, moutarde… *Et moi, dès qu'il s'éclipse, exiting babe, exiting cherry babe…*

— Frites ? Y'a un supplément.

— Pas frites, merci… *Boudeur, râleur, frimeur, wouhoooo… Je cherche* un boulot.

Le vendeur de sandwiches ne réagit pas, le nez plongé dans ses bassines. Félix insiste :

— Ho blond ? Tu connais pas quelqu'un qui aurait du boulot pour moi ?

— Excusez-moi, je croyais que ça faisait partie des paroles. Un boulot ? Dans quelle branche ? Pas dans la chanson, au moins ?

— C'est ça, blond ! Fais ton mariole… *Boudeur, frimeur, râleur, mon cherry chéri babe me terrasse d'amour… Terrasse d'amour…*

JANVIER

Représentant en vaisselle. Ça existe, représentant en vaisselle ? Le type en face a une dégaine à être représentant en vaisselle. Lourd. Galère. Non.

Lascar suivant. Avec des mains aussi abîmées, celui-ci doit être un manuel. Ouvrier spécialisé dans le montage des murs en parpaings. Un gros manuel. Et à frotter ses paupières avec ses mains sales, il s'est chopé une conjonctivite. Il a l'œil dégoulinant. Beurk. Non.

Lascar suivant. Ha, une bourrasque, pas de lascar suivant.

Des papiers gras volettent au milieu de la chaussée. Un sac en plastique bleu pâle s'entraîne au vol à voile deux mètres au-dessus des têtes des rares passants. Plus haut, une file de wagons rouillés bringuebalent au sommet du talus, masquant le premier rayon de soleil visible depuis trois jours. Dommage. Le soleil, ça met du baume au cœur, les trains de marchandises qui passent dans le ciel, non. Une gerbe d'étincelles s'échappe d'un caténaire. Coup de flash, mauvais souvenir. Le vent se calme quelques secondes, laissant un court moment de répit à un vieillard lubrique qui s'acharne à faire tenir un béret râpé sur son crâne chauve, à l'angle de la rue Allard.

Une Opel de la police lambine, longeant l'interminable minable mur de briques grises d'en face. Sans ce mur de briques grises d'en face, peut-être que le talus s'écroulerait, peut-être que les trains dérailleraient ? Peut-être. Peut-être que dans ce quartier, les trains passent au niveau du troisième étage des maisons pour pas que les voyageurs bien-pensants puissent déblatérer sur la misère ambiante à hauteur du rez-de-chaussée. L'ouvrier à l'œil qui suinte revient sur ses pas, ricane tout seul, crache dans le caniveau et repart. Peut-être que c'est lui qui a monté le mur de briques grises d'en face ? Non, le mur de briques grises d'en face doit être là depuis très longtemps. Elle date pas d'hier, cette voie ferrée. Le monteur de parpaings à l'œil qui dégueule est un immigré récent. Ce type a peut-être travaillé sur l'aéroport de Luchthaven mais sûrement pas pour la construction de la gare du Nord de Bruxelles.

Lascar suivant. Portier d'hôtel. Là, Félix est sûre de son coup, ce type est portier d'hôtel. A l'hôtel Mayfair, dans la ville haute. Elle l'a reconnu la première fois qu'elle l'a vu passer, la semaine dernière, le premier jour. Lui aussi a dû la reconnaître : le coup était tellement foireux et ils ont été tellement maladroits…

Un vrai plan en bois. Mais aussi, quelle idée idiote : tuer Jean-Pierre Gaillard ! Ludovic aurait pu se contenter de tirer sur les postes de radio avec son pistolet à gros calibre, mais non. Il s'est obstiné. Pour le symbole. Autant la déclaration de guerre avait été brillante avec l'élimination spectaculaire et médiatique du numéro deux de Pentaclès France, autant la deuxième bataille s'est terminée en eau de boudin. Jean-Pierre Gaillard ne s'est rendu compte de rien. Ou de si peu…

Dans un grincement d'essieu rouillé, le dernier wagon s'éloigne. Un rayon de soleil vient frapper le visage de la gamine, pas assez longtemps pour la réchauffer. Le vent glacial ramène un nuage interminable : extinction des feux jusqu'à demain, au moins. Le mur de briques d'en face passe de gris verdâtre à gris lugubre. Le portier de l'hôtel Mayfair s'est éclipsé sans l'avoir regardée. Félix soupire.

Elle aurait dû se fier à son instinct et partir définitivement après l'exécution d'Arnaud de Roseval. Mauvaise pioche. Elle s'est réconciliée avec son prince charmant une demi-heure seulement après l'avoir quitté, à deux travioles du petit canal gelé. La tentation était trop forte : la Mercedes, les fringues neuves restées dans la malle, les dernières liasses de billets encore glissées dans les poches de son terroriste illuminé, la peur de l'inconnu, la trouille des inconnus… Elle a attendu que Ludovic ressorte du terrain vague pour se mettre en travers de sa route. Il l'a récupérée, pas vraiment ravi. Encore sous le coup de l'émotion, le beau blond a planqué la Mercedes dans le hangar abandonné suivant et l'a prise comme une bête sur la banquette arrière. Félix s'est laissé faire. Félix s'est aussi laissé traiter de sac de foin, une fois de plus.

Deux jours plus tard, la *Libre Belgique* publiait les Polaroïds retraçant l'agonie du vieux rouquin guindé et la lettre de revendication du beau blond révolté. Les documents étaient aussitôt repris par une partie de la presse européenne. C'est un entrefilet aperçu dans la *Libre Belgique* qui a déclenché la suite catastrophique des événements. Ludovic a repéré que Jean-Pierre Gaillard venait animer un colloque la semaine suivante à Bruxelles et qu'il logeait au Mayfair. La tentation était trop forte.

Huit jours plus tard, rebelotte. Ils ont garé la Mercedes devant l'hôtel luxueux de l'avenue Louise, Félix servant d'antivol une fois de plus. Ludovic est entré dans l'hôtel pour repérer sa proie. Une fois de plus, un des portiers de l'hôtel est venu demander à la passagère amorphe de dégager la bagnole…

… Le portier, celui-là même qui vient de passer son chemin sans jeter un œil sur Félix. Il était plus virulent il y a trois semaines, l'énergumène à gueule de rat, dans son costume de clown servile…

… Il s'est approché de la Mercedes en faisant de grands gestes autoritaires. Un moulin à vent. Il s'est énervé en flamand d'abord, puis dans un français bizarre avec une drôle de voix éraillée :

— Vous devez partir, là, mad'moizel'…

Une caricature. Il n'a pas dit « une fois » mais il a dû le penser très fort. Félix n'a pas bronché, stoïque. Elle a fini par sortir de la Mercedes mais un étrange pressentiment lui a fait changer son baratin d'excuse in extremis :

— Ha, la bagnole, elle est pas à moi. C'est la bagnole d'un jeune. Il m'a prise en stop et il est allé chercher son cousin dans l'hôtel.

C'est à ce moment précis que les coups de feu ont claqué. Le portier s'est précipité vers le hall alors qu'une panique indescriptible agitait tout le rez-de-chaussée de l'établissement. Des femmes et des hommes sortaient en hurlant pendant que le personnel exhortait les clients au calme. Une voiture de flics en patrouille s'est immédiatement arrêtée et deux types en uniforme en sont sortis comme des fous, l'arme à la main. Félix a préféré s'éloigner prudemment de la Mercedes.

Bonne résolution. Deux minutes plus tard, d'autres coups de feu partaient des terrasses du neuvième étage. Un premier cadavre en uniforme réglementaire de policier belge, mais la tête déjà arrachée par une balle de .44 magnum tirée à bout portant est venue se répandre aux pieds des portiers très affairés par le maintien de l'ordre chez les clients paniqués. L'arrivée impromptue de ce macchabée défiguré sur le bitume n'a pas calmé les esprits. Quelques coups de feu plus tard, c'est le beau chevalier blond qui passait à travers une fenêtre du huitième et venait s'écraser sur le trottoir devant l'entrée. Malgré la violence de son impact au sol, Ludovic s'est redressé sur ses avant-bras et a relevé la tête, comme pour repartir, comme un enragé. Une seconde après, il s'avachissait dans un dernier tremblement nerveux, mort.

Le lendemain, planquée dans un fast-food minable d'Anderlecht, Félix a appris par la radio que son prince charmant avait refroidi sans sommation un client de l'hôtel, un certain Jean-Paul Gailland avant de fuir dans les étages, de descendre un flic et de se faire lui-même éjecter par la baie vitrée d'une chambre donnant sur l'avenue. Pas de bol. Jean-Pierre Gaillard était descendu à l'hôtel Chelton. C'est le gros problème avec les vedettes de la radio, on ne connaît jamais leur visage.

Après un interminable vol plané, le sac en plastique bleu vient de s'accrocher définitivement à un des pylônes électriques qui bordent la voie ferrée sur le talus, là-haut. Le représentant en vaisselle est repassé en sens inverse, la trogne réjouie, en parlant seul. Le vieillard lubrique a définitivement perdu son béret, envolé vers le caniveau du carrefour suivant. Les flics sont repartis comme des flèches en faisant hurler leur sirène lugubre, écrasant au passage le couvre-chef du vieux.

Et le portier libidineux à gueule de rat est revenu se poster sur le trottoir d'en face. Félix reste stoïque mais commence à gamberger. Maintenant, c'est sûr, ce type la traque. C'est un vrai calvaire

Ça ! pour être un vrai calvaire…

J'ai un mal fou à dissimuler mes pensées, à garder mes réflexions pour moi. Quelquefois, ça m'échappe et l'autre enclume ne me loupe jamais.

— *Enclume toi-même !*

Tiens ! La preuve ! Mon fac-similé commence à prendre vraiment beaucoup de place. Moi aussi. J'ai ses pieds sur ma tête, son dos contre le mien et je suis arrivé à comprendre qu'il est au-dessus de moi. Si j'ai bon souvenir, je vais naître en premier et ce connard sera déclaré comme mon aîné.

— *Et alors ? Je suis l'aîné et je t'emmerde.*

Battu dès la première minute de ma vie. Un malheur n'arrive jamais seul. Primo je vais naître. Deuxio, je vais arriver au monde d'emblée en situation d'infériorité.

— *C'est pas grave, crapaud. Dans la poussette à deux places, je te laisserai le siège avant. Tu auras l'impression de mener la barque alors que tu n'y seras pour rien, et en plus, tu me protégeras du vent.*

C'est bien ce que je disais. Un malheur n'arrive jamais seul et nous, on va arriver à deux.

— *Vas-y, fais de l'humour, crapaud.*

Je ne cherche pas à être drôle, pauvre cloche. Avec un minimum de chance, mon existence suivante aurait pu être un bon cru. Une vie tranquille de notable dans une province opulente, ou une vie passionnée de reporter d'investigation dans la jungle urbaine… Un cru qui aurait eu du caractère, avec un bouquet intense et des tanins puissants. La cuvée à venir risque d'avoir des relents de fond de tonneau et mon jumeau un goût de vinaigre.

— *Un goût de vinaigre ? Du respect pour les aînés, crapaud !*

Je t'emmerde, Vinaigre !

Le bonhomme vient de garer sa vieille Volvo à cheval sur le trottoir. Il en est sorti d'un pas tranquille et s'est posté en face, adossé aux briques grises, comme tous les jours depuis quatre jours. Fin de service à l'hôtel Mayfair, le temps de redescendre des quartiers chics jusqu'à ce bout de marigot glauque qui borde la gare du Nord, il est là.

Félix connaît bien le visage du portier du Mayfair, son faciès de rongeur avec cette fossette ridiculement profonde sur le menton, son front dégarni et ses lunettes à grosse monture. Un prédateur repérable de loin… Félix papillonne, observe ses ongles, les voitures en stationnement, les graffitis sur le mur d'en face. Surtout ne pas regarder le gars directement dans les yeux si on ne le veut pas comme client. Olga lui a donné ce conseil la semaine dernière, lorsqu'elle a démarré ce boulot. C'est plus un code qu'une règle de conduite. Et ce gars-là, elle ne le veut pas du tout comme client. Surtout pas…

Un prédateur… Vinaigre et moi filtrons toujours ce que pense notre mère, de plus en plus finement. Depuis peu, elle s'efforce à ne penser à rien. Elle a trouvé un refuge, une sorte de nid. Des voix nouvelles nous entourent mais elle ne comprend rien à ce qui se dit. Un langage inconnu. Le froid s'est bien estompé, elle mange copieux, elle dort pas trop mal, mais ses journées sont très agitées. Agitation très pénible pour nous, ballottés dans tous les sens cinq à dix fois par jour. Après chaque tour de manège, elle a une petite pensée pour nous, un geste affectueux. Généralement, je lui réponds par un coup de pied. Systématiquement, mon double acquiesce lui aussi et m'envoie son talon dans la gueule. Mon jumeau est exaspérant.

Les exercices à répétition de notre mère restent très physiques, sans aucun sentiment. La première journée l'a surprise, les émotions se sont bousculées. La performance a été douloureuse mais elle s'est fait une raison. Depuis, nous n'avons plus été submergés par ces flux brutaux d'adrénaline. Vinaigre m'a… Merde, un flux brutal d'adrénaline qui déboule. J'ai parlé trop tôt !

— *Tu n'as pas parlé « trop tôt », crapaud. Tu as juste parlé « trop ». Tu parles trop. Tu n'arrêtes pas de balancer tes impressions à longueur de temps. C'est exaspérant. A force de gamberger, tu vas finir par la perturber, notre mère.*

A cet instant précis, c'est pas moi qui la perturbe le plus. La menace vient de l'extérieur. L'afflux émotionnel est bien réel. Notre mère est déstabilisée par l'arrivée d'un prince pas charmant du tout.

Félix se lève de son tabouret haut, réajuste son soutien-gorge et s'éclipse vers le fond de la boutique après avoir tiré le rideau sur la rue. Olga ne la rate pas :

— Tu as un souci, petite ?

— Vé-le, lui en face…

Olga s'approche de la vitrine et entrouvre le rideau.

— Le grand avec les oreilles décollées ? Sam ? C'est Sam ! Et il te fait peur, Sam ?

— Il a un regard mauvais.

— C'est un obsédé mais il est pas dangereux. Tu as dû lui taper dans l'œil, il a un faible pour les jeunesses un peu boulottes.

La vieille Olga rouvre le rideau et fait un signe sec pour que Félix remonte sur son tabouret.

— Allez, Félicie. Tu vas pas me la jouer mijaurée

comme les Albanaises que je me suis trimballées ces deux derniers mois. En piste. On va perdre le bénéfice.

Félix serre les dents, caresse son ventre nu et se réinstalle sur son belvédère, un mètre au-dessus des passants. Olga se glisse derrière le petit bar tapissé de photos suggestives pour nettoyer deux verres ébréchés. La vieille porte la voix :

— Dis-moi, Félicie ? Tu m'as raconté n'importe quoi mercredi dernier, quand tu es arrivée ?

Félix ne répond rien, prise au piège entre deux dangers : Olga dans son dos et le portier de l'hôtel Mayfair devant. Olga continue son interrogatoire inquisiteur :

— Tu n'es pas majeure du tout, toi ?

— Beuuu !... Ben...

— Tu as quoi... 17 ans, c'est ça ?

Félix bafouille :

— Heu... Dans trois mois, oui... Pourquoi ?

Un verre sale tombe dans l'évier et se brise. Olga peste :

— Et elle me demande pourquoi, cette gourde. Si les flics savent que tu es mineure, je vais en tôle, moi. Tu te rends pas compte. Je me doutais que tu étais pas bien vieille mais pas à ce point. Et si je vais en tôle, tu sais ce que tu vas devenir ?

Félix ne dit rien, le regard perdu dans un flou complet. Félix ne sait pas. Félix ne savait déjà pas ce qu'elle allait devenir avant de rencontrer la vieille Olga. Panique noire, le portier vient de traverser la rue.

Le petit carillon tinte dans tout le rez-de-chaussée d'une sonnerie désaccordée. Un terrible frisson parcourt la gamine. Olga n'ouvre pas tout de suite. Elle s'approche de Félix et entrouvre le rideau pour y passer sa figure ridée :

— Et ton embonpoint, c'est pas un embonpoint ? Tu es enceinte jusqu'aux yeux ? C'est ça ?

Le carillon sonne à nouveau. Olga va ouvrir d'un pas traînant. Félix n'ose plus bouger de son siège. C'est la fin du monde. Sam le portier va la dénoncer, forcément. Ou alors Olga va la foutre dehors. Elle est perdue.

Dénoncée à la police ? Elle ne pourra jamais subir sans craquer un interrogatoire en flamand et dans les règles dans une cave avec des flics belges. « Oui j'étais bien là quand Ludovic a flingué le PDG dans le canal », « Oui je faisais bien le guet dans la Mercedes quand Ludovic a déquillé tout le monde dans l'hôtel ». Complicité de meurtres et tout le bordel qui va avec. Son prince charmant est allé trop loin. Ils ont toujours la peine de mort, en Belgique ?

Foutue à la porte ? Une fois la vieille Olga en prison à cause d'elle, elle se voit très bien entre les mains des Albanais, ces brutes déguisées en paramilitaires qui font régner l'ordre dans le quartier. C'est pire. Félix se surprend à avoir le même réflexe que son Ludovic, elle se mordille l'intérieur de la joue. Douloureux.

Fuir ? Elle n'imagine pas rentrer en France, surtout à Marseille, dans sa cité de misère, pour se retrouver nez à nez avec sa mère toujours pas dessoûlée au fond de son taudis. Ou pour se fader le copain de sa mère en pleine crise de manque sur le palier du même taudis. Ou pour supporter Elise et ses insupportables cours de chant. Elle n'imagine pas une confrontation avec le gros Léo qui, à tous les coups, persiste à vouloir la dérouiller dans un coin sombre. C'est un obstiné, Léo. Félix n'imagine pas plus une conversation paisible avec Geneviève, la femme d'Elise, qui aurait aimé récupérer sa bagnole de luxe et son amant en bon état.

L'impasse complète.

Ou le manque total d'imagination. Il y a peu, Félix ne s'imaginait pas enceinte, paumée dans un pays inconnu, à tapiner en sous-vêtements sexy dans une des vitrines sordides de la rue d'Aerschot perchée des journées entières sur un tabouret de bar et éclairée par trois néons roses.

Quand on est face à une impasse, on ne reste pas planté là comme un gland, à regarder le mur du fond. On fait demi-tour et on se casse.

— *Quand on est au milieu de la tempête, on trouve un port abrité pour se réfugier et on attend la fin des bourrasques.*

Mon jumeau est un poète. De quelle tempête tu parles, Vinaigre ? Depuis qu'on est arrivés dans son ventre, la gamine dérive dans des situations boiteuses. La galère a dû commencer avant nous.

La vie de notre mère, c'est ni un typhon, ni une tempête. Une tempête, ça a un début, une montée en puissance, un apogée, puis ça se calme, le beau temps déboule ensuite sur les flots bleus. Son parcours ressemble plus à un temps gris, pluvieux et froid en continu. C'est pas le climat de la Floride, plutôt celui de la Pologne. Elle est mal barrée, y a rien à faire. On aurait pu tomber dans une famille de richissimes Texans, sur une tribu de milliardaires saoudiens ou au milieu d'un lagon ensoleillé à Tahiti, jouissant du calme et de la volupté de la vie sous les tropiques. Que dalle ! On se retrouve chez les pauvres, dans le froid.

— *On peut être indigent et heureux.*

Attends, Vinaigre ! C'est des conneries, tout ça. Là, c'est toi qui causes ou c'est elle qui gamberge ?

— *C'est moi ! On sait très bien tous les deux qu'elle réfléchit très peu, et pas toujours à bon escient. Je te parle de mon expérience personnelle, crapaud stupide.*

Je crains le pire. Mon jumeau va passer aux aveux. Révélations sulfureuses ou simple psychanalyse… Et alors, ton expérience personnelle, Vinaigre ?

— *J'ai été berger au Maroc, dans les montagnes, pêcheur de corail à Naples du temps de Garibaldi, agriculteur dans une des premières coopératives en Catalogne, juste avant Franco. Ces vies ont toutes été heureuses. Pas très sophistiquées mais heureuses.*

Arrête les conneries et la philosophie à trois sous, Vinaigre. Notre mère mène une vie de merde. Nous aurons un mal fou à nous en dépéguer, si encore elle arrive à se sortir de la putain d'impasse dans laquelle elle patauge de si bon cœur.

Tiens, v'là aut' chose ! Là, elle ne patauge plus, elle patine. Dérapage incontrôlable. Le fond de l'impasse lui arrive à toute blinde dans la gueule. Le fond de l'impasse schlingue le chou, a une gueule de rat, le front haut et des lunettes à grosses montures. Toujours ce langage incompréhensible marmonné par une voix éraillée. Une fois de plus, les horizontales basculent. C'est reparti pour un petit quart d'heure de gymnastique douloureuse. Tu disais quoi, Vinaigre ? Sur les vies pas très sophistiquées mais heureuses ? Sans déconner, je trouve la situation pas sophistiquée et pas heureuse du tout.

— *Je t'emmerde, crapaud.*

La conversation va bon train. En flamand, bien sûr. Comme pour toutes les conversations importantes. La vieille Olga est surexcitée. Elle exulte comme un spéculateur en bourse au moment de la prise des bénéfices. Sam s'est rhabillé très vite, un large sourire aux lèvres. La misérable prestation de la gamine n'est pas pour grand-chose dans l'euphorie du portier d'hôtel. Sam sort quelques billets de sa poche et les glisse dans le décolleté mou de la vieille. Olga éclate d'un rire de débile, récupère les billets entre ses seins fripés et, grande classe, les glisse dans sa culotte. C'est son coffre, une place forte inviolable. La mère maquerelle s'approche du lit installé au fond de la pièce entre deux paravents. Félix y est toujours allongée sur le dos, son petit ventre rebondi pointant vers le plafond humide.

— Allez, Félicie ! Tu reprends tes affaires et tu te casses.

— Comment ça, je…

— Je peux pas te garder dans cet état. Tu t'es vue ?

Félix se redresse sur les coudes et agrafe son soutien-gorge.

— Comment je fais, moi ? Vé-la, elle ! Je peux pas partir comme ça ! Je vais aller où ? J'ai pas d'endroit pour atterrir !

Olga récupère un vieux sac de sport, le seul bagage de Félix. Elle y fourre les quelques vêtements qui traînent sur une chaise bancale au fond de la pièce.

— Moi, je vois très bien où moi je vais atterrir. Avec une fille pas majeure qui fait la pute pour moi, je vais atterrir en prison. Pour le restant de mes jours…

Olga ferme le sac et le jette sur le lit.

— … Alors tu pars.

— C'est à cause de lui, c'est ça ? Il vous a tout raconté ? Je vous jure que je le connaissais pas, le jeune dans la Mercedes !

— Celle-là alors ! Il est pas question d'un jeune dans une Mercedes. Sam a trouvé un boulot pour toi.

Félix a un mouvement de recul.

— Je veux pas travailler pour lui… Il va me…

Olga devient très sèche :

— Tu as le choix, Félicie. Ou alors tu pars avec Sam, tu travailles pour lui, tu gagnes des tunes et tu rentres dans ton pays quand tu veux. Ou alors, je te fous sur la voie rapide de Koekelberg en slip et tu te démerdes pour rentrer dans ton pays comme tu peux. Ça va pas être facile à poil, sans argent et sans papiers. Alors ?

— Je veux pas faire la pute pour ce type…

Sam s'approche en renfilant son manteau long. Sa fossette frétille :

— Il est pas question de faire la pute. Il est question de faire mannequin.

— Mannequin ?

— Ça te dirait, de faire des photos, du cinéma ?

— C'est une blague ?

La vieille intervient :

— C'est pas une blague.

Sam s'impatiente. Olga jubile. Félix se relève et s'habille rapidement, essayant de comprendre où est l'arnaque.

— J'ai jamais appris à faire du cinéma.

Sam se dirige vers la porte de la boutique

— Le cinéma, c'est vraiment pas compliqué. Avec ton physique, tu devrais faire un malheur. Alors ?

Félix n'ose plus avancer. Elle est plantée au milieu de la pièce, les bras ballants.

— Mais, on fait pas du cinéma sans apprendre. Moi, je chante, plutôt !

— Et ben tu chanteras aussi, si ça te fait plaisir de

chanter. Allez, prends ton balluchon, on se casse. Je t'emmène au studio pour un casting.

*
* *

— Enquêteur, ça m'aurait pas plu comme métier. Oh, Meljibson' ? Ça te plaît à toi de faire enquêteur ?

— Je me régale, Léo.

Meljibson' se régale. Le petit teigneux est surexcité. Frigorifié mais surexcité.

Le gros Léo ne se régale pas du tout. Il en a plein les burnes de ce pays de congelés du bulbe. Jamais de soleil, jamais de terrasses de bistrots au soleil et jamais de Casa à l'heure du Casa dans les bistrots. Jamais de blagues grasses, jamais de rire bruyant, jamais une grosse cagole à siffler dans la rue, pas une seule tronche de melon en vue pour sortir une vanne raciste au ras des pâquerettes. Que des blonds, ici. Le dépaysement complet.

Fatigant. Et encore, ils ne sont arrivés que depuis deux jours. Insupportable. Tous ces gens fébriles à l'air affairé, en perpétuel mouvement, propres sur eux et bien habillés costumes cravates sans fille à poil sur les cravates, respectant les feux rouges, les places pour handicapés, les priorités à droite et les piétons, même les vieux. Et cet accent incompréhensible ! Epuisant. Comme cette impression d'activité continuelle. Et ce plafond bas, la grisaille humide permanente qui pénètre pernicieusement sous les vêtements les plus imperméables. Ils rigolent pas, les Belges. Ils sont pas là pour ça. Le gros Léo commence à se demander pourquoi il est là, lui.

Meljibson' vient de palabrer un quart d'heure avec un des portiers de l'hôtel Mayfair. Engoncé dans un manteau de cuir noir assorti à ses fringues de tous les jours, le gringalet jubile. Il a quelques informations de première bourre mais hésite à les balancer au gros. Léo déprime, c'est clair.

Léo est agacé, fatigué.

Son semblant d'enquête dans la cité Kallisté pour retrouver cette connasse de Félix l'avait déjà bien atteint. La pénible palabre avec le frère de Fatima pour lui extorquer l'adresse du fiancé de Félix l'a exténué. Cette brêle d'Akim ne s'est pourtant pas fait prier pour balancer le nom de la rue du garage, à La Barasse. Méthode artisanale mais infaillible : le canon d'un Casull .454 appuyé un peu fort sur les testicules est un excellent remède contre les pertes de mémoire. Exit les tours délabrées des sinistres quartiers nord, en avant vers les résidences minables des sinistres quartiers est.

Les travioles embrouillées de Saint-Marcel l'ont vite largué. Claqué, il a finalement retrouvé le local à customiser les bagnoles de cake, l'antre de Ludovic. Il n'a même pas eu envie de cogner sur l'Antillais au strabisme convergent pour lui soutirer le patronyme du prince charmant. S'il s'était écouté, il n'aurait peut-être pas mis le feu au garage. Mais le gros Léo a une réputation à conserver et deux Porsches en cendres dans un hangar en ruine, ça a une de ces gueules pour la réputation.

Une fois ces quelques informations acquises, Meljibson', valet docile, s'est occupé du travail de routine. Le gros Léo était toujours remonté contre cette garce de Félix. Il voulait retrouver la petite et lui péter la gueule, pour l'exemple. Personne n'a jamais humilié Léo Bocognano, c'est pas une merdeuse qui allait commencer. Une semaine plus tard, Léo Bocognano tournait les talons devant l'entrée de l'hôpital Edouard Toulouse, sans essayer de rencontrer la mère de Ludovic. Inutile. Les cinglés, ça n'a jamais fait des indics très fiables.

Deux jours après, retour à Kallisté. Sous les yeux éberlués d'Akim, son frère, il a coincé Fatima dans le hall d'entrée de la tour E pour en savoir plus. Il a dû retirer le canon 6 pouces de la bouche de la gamine pour lui laisser articuler les noms des quelques proches de Félix. Le tour du carnet mondain du karaoké ambulant a été vite fait. Fatima a bégayé le prénom vieillot d'une chanteuse classique professant vers les quartiers sud. En pleurs, la petite beurette a déblatéré l'histoire hallucinante d'un homme qui était une femme mais toujours marié avec sa femme, enfin, la femme de ce type lorsqu'il était encore un homme. Epuisé et déconcerté, le gros Léo a abandonné Fatima aux mains de son crétin de frère. Il a délégué. Meljibson' s'est dépêtré avec cette histoire abracadabrante de contralto baryton à retrouver quelque part entre le Lapin Blanc et la traverse de la Soude.

Le début de son enquête l'avait éreinté, les fêtes de fin d'année l'ont achevé. Après une biture de la fin du monde et une crise de foie de la fin du siècle, le gros Léo avait fini par tirer un trait sur Félix quand le nom de ce Ludovic est apparu à la une des faits divers.

La Belgique ! Qu'est-ce qu'elle est allée branler en Belgique, cette garce ? Sitôt les derniers Alka Selzer digérés, Léo et son acolyte ont pris l'autoroute direction Bruxelles pour remettre la main sur Félix. Et maintenant… Maintenant, Léo Bocognano se morfond au volant de sa Béhème à bout de souffle elle aussi. Seul Meljibson' a l'air heureux.

— La Mercedes était garée là où on est garés, Léo ! Pile là !

— Quelle Mercedes ?

— La Mercedes que Ludovic a volée au prof de chant de Félix pour venir jusqu'à Bruxelles. J'ai vérifié, une bagnole grise de luxe, immatriculée 13, pareil. On a tout juste, Léo.

— On a tout juste ? Et Félix ?

— On a tout juste aussi. Un des portiers de l'hôtel l'a repérée dans une rue à putes, vers la gare du Nord. Il doit être avec elle, à l'heure qu'il est.

— Qu'est-ce qu'il fout avec une radasse, un portier d'hôtel quatre étoiles ?

Meljibson' prend un air entendu, relit mécaniquement ses notes sur son petit carnet et enchaîne.

— Ben... D'après ses collègues de travail, ce type est une sorte de rabatteur. Il repère les filles...

Léo éclate de rire.

— Elle est pas difficile à repérer, la gamine ! C'est le plus mauvais coup entre Alger et Amsterdam ! Et si, en plus, elle se met à chanter... Ils vont pas être déçus, les clients du rabatteur.

*
* *

Le rabatteur est content.

Il tient la perle rare. Concentré sur sa conduite, il parle seul. En flamand, bien sûr. Félix n'a pas ouvert le bec depuis leur départ de la rue d'Aerschot. Sam roule à trente à l'heure, Félix gamberge à cent à l'heure.

Du cinéma ? Elle pourra jamais jouer dans « Amour Gloire et Passions », elle est pas assez blonde. Elle pourrait même pas faire présentatrice de la météo ou animatrice de jeux télévisés, elle ne sait jamais quoi répondre dès qu'on lui parle compliqué et elle est incapable de retenir un texte plus long que les trois couplets d'une chanson d'Ophélie Winter.

La publicité, c'est du cinéma, aussi ? Elle a déjà vu des pubs pour les femmes enceintes, pour les savons, les crèmes, tout ça. Les ventres étaient rebondis, les futures mères épanouies. Félix est simplement plus ronde que la moyenne des filles de son âge. A moins que… Elle va peut-être poser pour un dossier sur les jeunes mamans, comme celui qu'elle a lu dans « Jeune et Jolie » il y a quelques mois avec Alvina Stuart enceinte de son petit Dylan. Mannequin ! Et avec un peu de chance, elle sera remarquée comme mannequin et pourra démarrer une carrière dans la chanson, et là… C'est trop beau pour être vrai.

La vieille Volvo passe devant un kiosque à journaux qui affiche une belle mosaïque de top-models. Affublées de tenues invraisemblables ou nues et se contorsionnant pour laisser voir le moins de bouts de peau possible, aucune ne sourit. Depuis quelque temps, c'est la mode : les filles des magazines tirent la gueule. Félix devrait arriver à tirer la gueule si on la prend en photo. Même nue. Au milieu des publications « Fashion and Glamour », la photo anthropométrique d'un cadavre inconnu trône à la une d'un quotidien en flamand. Le texte est incompréhensible. Sans doute un meurtre inexpliqué, une victime innocente qui… Et si… Une bouffée de chaleur l'envahit. Elle repense à une conversation éprouvante avec Ludovic sur les films tournés pour de bon. Des films où on flingue les acteurs en direct, pour de vrai. Félix balise et s'énerve :

— C'est un coup d'arnaque, votre histoire de cinéma ?

Sam profite d'un feu rouge pour la dévisager.

— Pas du tout. C'est bien payé.

— Je vous parle pas d'argent…

Médiathèque
de Guidel

— Moi oui. C'est le seul intérêt dans le cinéma. Pourquoi tu ferais du cinéma, si c'est pas pour l'argent ? Ne viens pas me raconter que c'est pour t'éclater, j'y crois pas. Ils nous bassinent à la télé avec les interviews des stars qui te racontent que sur les plateaux de tournage, ils prennent leur pied... Comédie. Le fric, d'abord. Et sans se fouler trop. Et je prends vingt pour cent. A partir de maintenant, je suis ton agent.

Sam pose une main paternelle sur le ventre de la gamine :

— C'est un garçon ou une fille ?

Félix prend la main osseuse du portier et la replace sur le levier de vitesses.

— Qu'est-ce que ça peut vous faire, si c'est un garçon ou une fille ?

— Moi rien. C'était juste pour dire...

— *Alors ? Tu es un garçon ou une fille ?*

V'là aut' chose. Quelle question stupide, mon jumeau !

— *C'est pas une question stupide. C'est une question simple. Je ne suis jamais arrivé à deviner précisément mon sexe avant mes naissances. Et toi ?*

Et moi ? Mais la question ne se pose même pas. J'ai toujours été un garçon, du plus loin que je me souvienne, et il n'y a pas de raison que ça change...

— *Oh que oui, il y a des raisons. Le hasard, d'abord.*

Moi, du plus loin que je me souvienne, j'ai été plus souvent un garçon. Mais j'ai encore en tête quelques souvenirs pas désagréables d'une vie de femme dans un pays nordique, il y a longtemps. Et aussi, quelques bribes d'images de barricades pendant la Commune, à Paris. L'armée n'hésitait pas à mitrailler les gamins, et même les gamines. Une vie courte, celle-là…

Mais qu'est-ce qu'il me raconte, ce crétin. Il me bourre le mou. C'est impossible, enfin. Je peux pas être une fille.

— Irrécupérable macho ! Tu veux pas être une fille. Mais tu peux très bien. Va falloir te faire une raison, crapaud.

Coriace, la vieille Olga. Les mains attachées dans le dos, elle vient de tenir plus d'une minute la gueule plongée dans son évier rempli d'eau glacée.

— C'est bon, Léo. Lâche un peu la pression, elle va capoter.

Le gros Léo tire Olga par le cou, attend qu'elle reprenne son souffle et la jette par terre. La mère maquerelle s'écroule sur le sol sale de son bar à putes. Elle a du mal à respirer. Elle crache. Elle bave. Meljibson' profite de l'interruption de l'interrogatoire pour se servir une bière. Pas assez fraîche, la bière. Le petit teigneux explose la canette contre un mur et se tourne vers son acolyte balourd.

— Ho, Léo ! Maintenant que tu l'as bien mise en condition, tu pourrais lui poser la question, non ?

— Quelle question ?

— Ben, un interrogatoire musclé sans poser de questions, ça sert à rien. C'est ludique mais ça sert absolument à rien.

— Tu vois, Meljibson', je t'aime bien. Mais je t'aime pas quand tu utilises des mots que je comprends pas. Ludique ?

La vieille tousse à s'en déchirer les poumons. Meljibson' se penche sur elle, la relève par sa chemise en loques et l'appuie contre les lattes en pin verni du comptoir. Spectacle surréaliste que de voir la trogne défaite et ruisselante de la vieille Olga appuyée au milieu des sexes en érection qui parsèment les photos collées sur le bar. Meljibson' lui met deux gifles de plus et se tourne à nouveau vers Léo, perché sur un tabouret bancal.

— Alors ?

— Alors, pose-lui la question toi-même. Ils me fatiguent, ces Belges.

Meljibson' sort son énorme flingue et le pose contre le front de la vieille.

— On cherche une gamine…

— Y' en a plein la rue, des gamines. Dans chaque vitrine, il y a une gamine albanaise…

Meljibson' arme le chien. Ça fait toujours son effet, le bruit du ressort qui se tend.

— Nous autres, on cherche une gamine marseillaise, pas une étrangère… Une minote qui s'appelle Félix.

Olga hausse les épaules et jure, en flamand. Léo

descend de son tabouret, il affiche une grimace effrayante.

— Je te l'avais dit, Meljibson', ils sont épuisants. Quand ils veulent t'embrouiller, ils parlent étranger. On va aller chercher ailleurs. Descends-la.

Olga se met à hurler. Meljibson' s'empare d'un torchon qu'il lui enfonce jusqu'à la glotte. La vieille se met à trembler. Elle essaie de baragouiner quelques mots derrière son bâillon. Meljibson' relâche la pression et retire le tissu de la bouche d'Olga qui arrive à articuler :

— Félicie… Félicie…

— Ah, je ne suis pas sûr que ce soit la bonne… La nôtre s'appelle Félix.

Meljibson' s'écarte et pointe le revolver vers la tête de la vieille, se protégeant des giclées imminentes de barbaque en plaçant son bras devant son visage. Olga beugle :

— Fééééliiiiiix !

Le petit teigneux relève momentanément le canon :

— Décide-toi. Comment elle s'appelle, la tienne ?

— C'est Félix, pas Félicie… Félix… Elle est au studio.

Léo n'en revient pas. Il s'immisce dans la conversation :

— Quel studio ? Elle chante comme une casserole de chez Emmaüs et elle a trouvé un producteur assez sourd pour l'emmener en studio ? Tu te fous de notre gueule, la vieille ?

Léo écrase le tibia d'Olga sous son talon. La vieille se contorsionne de douleur mais les deux hommes ne la lâchent pas. Elle se retrouve avec le canon du Casull plaqué sur la tempe. Léo se penche vers la mère maquerelle en état de décomposition totale. Elle est livide, trempée. Ses jambes flasques écartées découvrent un slip crade d'où les billets de banque dépassent, froissés par les élastiques. Léo a une grimace dégoûtée qui en dit long mais poursuit son interrogatoire :

— Quel studio ?

Olga se met à trembler, ses yeux se révulsent. Ses nerfs lâchent. Léo lui remet deux tartes, ses yeux se remettent à peu près en place et elle arrête de trembler.

— Tu disais, un studio ?

La vieille articule péniblement :

— Un studio qui fait des photos…

— Ha, aussi, je me disais. Ça peut pas être un studio d'enregistrement. Où ça, le studio ?

— Un studio à Waterloo.

— Waterloo ?

Meljibson' enchaîne aussitôt, lyrique :

— Morne plaine.

Léo est surpris :

— Tu y es déjà allé ?

— Jamais.

— Comment tu sais que c'est une morne plaine ?

— Morne plaine, c'est Victor Hugo.

— … ?

— Ben ouais, Léo ! « Waterlooooo, moooorneu plaineu »... Victor Hugo...

— Victor Hugo ? Le type des billets de banque de quand on était minots ?

Pur réflexe, Léo regarde vers le bas-ventre d'Olga. Il n'y aperçoit que la tête chiffonnée du roi des Belges émergeant du tissu jauni du slip entre deux touffes de poils racornis. Victor Hugo n'est pas sur ces billets-là. Le gros persiste :

— Victor Hugo, il était bien sur les billets de banque ?

Meljibson' fait comprendre d'une mimique que le cas « Victor Hugo » est trop complexe pour Léo. Il range son flingue géant, sort son petit carnet et relève la vieille Olga pour l'appuyer contre le comptoir.

— Laisse tomber pour Victor Hugo. Alors ? Le studio à Waterloo ? Adresse ?

Léo se redresse, dubitatif.

— Pourtant, Victor Hugo...

Le petit teigneux prend des notes à toute allure sur son bloc-notes. Léo abandonne le problème Victor Hugo et observe son acolyte. Il n'en revient pas :

— Alors ça te plaît vraiment de faire enquêteur ?

— Je me régale, Léo.

*
* *

Félix est impressionnée. La statue est dantesque, posée sur un socle trop haut dans ce paysage désespérément plat.

— Ils doivent avoir un putain de zoo, ici !

Sam ne comprend pas.

— Il n'y a jamais eu de zoo, à Waterloo.

— C'est ça, prends-moi pour une conne. Et le lion, là-haut ?

Sam sourit, son faciès de rat se fend d'une ride. Il réajuste ses lunettes sur son nez.

— Ha, le lion, c'est un souvenir de la bataille. Une belle victoire.

— Une bataille contre qui ?

— Napoléon, tiens… Tu n'as jamais entendu parler de Napoléon ? Le nain corse ?

Le sourire en coin du conducteur disparaît très vite. Félix fixe sa drôle de fossette qui frémit, puis regarde la route qui défile. Elle gamberge.

Napoléon, c'est un nom qui lui parle. Ah oui ! Un clown de plus, dans la grande galerie des emmasqués. Elle revoit bien l'image de ce type déguisé avec un drôle de chapeau de travers, une main glissée dans sa veste de gendarme, dans un livre de l'école communale. Elle ne savait pas que ce clown-là était corse. Un Corse. Le visage bouffi de Léo Bocognano lui revient à l'esprit, elle en frissonne :

— Moi, j'en connais un, de Corse. Mais c'est pas un nain. Ils sont pas tous nains, les Corses.

Une deuxième ride s'est inscrite sur le front dégarni du portier lubrique. Il n'a pas entendu, trop concentré. La vieille Volvo s'engage dans une rue grise. Encore des entrepôts, toujours des zones industrielles en ruine. La nuit s'installe lentement, une pluie fine se remet à tomber. Félix se demande toujours quel genre de photos on va lui faire faire. Les suspensions grincent sur les pavés. Accroché à son volant, Sam se crispe de plus en plus. Mais c'est ni l'état de la chaussée ni celui de sa bagnole qui le stresse. L'agent artistique à vingt pour cent a perdu toute son arrogance.

L'enseigne du studio, seule source de lumière du quartier, apparaît au coin de la rue suivante. Les néons roses et bleus affichent fièrement la raison sociale des lieux : StyX productions. A la grosseur du X, seule lettre à clignoter en rose, Félix comprend très vite. Le portier à face de rat gare sa bagnole entre une Saab et une Jaguar rouge rutilante. Il sort, fébrile.

— Alors ?

Félix tire la gueule et refuse de sortir de la voiture.

— Alors quoi ? Vé-le lui ! C'est pour faire des photos de cul que tu m'as traînée ici ?

Sam fait deux pas vers l'entrée.

— Tu t'imaginais quoi, merdeuse ? Hollywood en Brabant ? Los Angeles chez les Wallons ? Allez, débarque et suis-moi.

Je suis déjà venu ici.

— *Moi, jamais !*

Toi jamais ? Tu m'étonnes, pauvre cloche ! Encore heureux qu'on ne se soit pas croisés dans une vie antérieure. Une sentiment diffus me perturbait depuis quelques minutes. Mon impression se confirme, je connais cet endroit. Et je le connais bien ! Qu'est-ce qu'elle fout dans ce trou perdu en Belgique, ma mère ?

— *Tu veux savoir ce qu'elle fait ici, crapaud ? Elle s'avance tout droit vers le cauchemar suivant.*

Merci ! Je m'en suis aperçu tout seul, Vinaigre. Mais quelque chose a changé dans sa tronche. J'ai le sentiment que cette fois, la gamine ne va pas se laisser faire. Courage, petite, encore un effort !

— *Cause toujours. C'est pas en positivant que tu vas influencer quoi que ce soit.*

Ah non ? Et un coup de pied dans ta gueule, mon jumeau, ça influence ?

— *Œil pour œil, sinistre crétin. Ton pied dans ma tête, mon genou dans ton dos !*

Enculé ! Je vais te tuer.

— *Ça, on en reparlera quand on sera sortis de là, crapaud !*

Peut-être même avant, Vinaigre...

Félix pénètre dans le bureau directorial en grimaçant, serrant son ventre des deux mains. Ça remue costaud à l'intérieur. L'image d'un ring de boxe lui traverse l'esprit mais elle ne voit pas pourquoi. Aucun rapport avec l'atmosphère paisible de cette immense pièce insonorisée. Là, le décor est luxueux. Le contraste est étonnant avec les couloirs sombres et sonores qu'elle vient de parcourir pour parvenir jusqu'à Dieu. Parce que c'est vraiment l'impression que ça donne. Le type en face d'elle est une sorte de dieu, un dieu d'origine albanaise. Et le chemin d'accès vers cette divinité de la production pornographique lui a plus évoqué un parcours du combattant sous la grêle qu'une route de campagne ensoleillée.

A pcine sortis de la Volvo poussive de Sam, ils se sont heurtés à un vigile musclé et tondu en forme dc bloc de marbre. Accueil pas convivial pour deux francs belges. L'ange gardien patibulaire s'est d'abord renseigné auprès de Dieu. Un ordre intimé par Dieu lui-même et par interphone interposé a ouvert les portes du paradis. Le bloc de marbre tondu les a dirigés vers un labyrinthe poussiéreux. Le rez-de-chaussée était désertique, glacial à cause des courants d'air. Seule une porte grinçante était ouverte sur l'arrière-cour en friche. Arrivés au premier étage, Félix et son nouvel agent se sont perdus. Ils se sont fadés trois longs couloirs parsemés de mystérieuses portes closes d'où émanaient des couinements de ressorts de matelas, des vagissements très exagérés et des indications de mise en scène gueulées à de futures stars du X en pleine séance de casting. Une rencontre providentielle avec un vieux photographe moustachu, en blouse maculée de taches de révélateur et les mains encombrées de produits de laboratoire, les a remis sur la bonne voie.

Ils se sont cogné deux étages en colimaçon dans la pénombre. Après deux couloirs qui n'étaient encore pas les bons et une passerelle en acier bruyante, ils se sont retrouvés au pied d'un escalier large et éclairé qui les a amenés au troisième vers le bureau de Dieu. Une plaque en cuivre annonçait le repaire de Dieu : « Omer Kurja, manager ». Sam a sonné. Une caméra de vidéosurveillance de Dieu a émis un petit bruit électronique et la porte capitonnée de Dieu s'est ouverte.

Félix est impressionnée. C'est autre chose que le deux-pièces minable des productions « Léo Bocognano », place Bougainville, dans les quartiers misérables de Marseille. Omer Kurja est un grand bipède avec des yeux bleus assez rapprochés et une étrange mèche de cheveux argentée qui lui barre le front au milieu d'une épaisse tignasse brune. Il est assis derrière un bureau en bois rare, postillonnant dans un combiné translucide. Félix et Sam le portier sont au garde-à-vous. Pour le moment, Dieu les ignore.

Le manager de StyX Productions est en grande conversation téléphonique avec un interlocuteur étranger. Un Russe, ou un Slave, ou va savoir qui… Dialecte inconnu. Félix ne reconnaît ni l'anglais des chansons de Céline Dion, ni le flamand des indigènes locaux. C'est pas de l'arabe, pas du corse. Tout ça, elle a déjà entendu. Comme Dieu n'a pas les yeux bridés, elle se dit que c'est pas du chinois. Il n'y a que les Chinois pour parler le chinois, c'est tellement compliqué. Omer Kurja parle certainement en russe. Et il doit être slave, ou pas loin. Ce bipède aux yeux bleus a une gueule de général kosovar ou de lieutenant albanais, une tronche à passer aux infos du soir, rubrique « Au Monténégro, ça rigole pas ».

Ici non plus, ça rigole pas. La conversation est houleuse. Dieu raccroche et lève le nez vers Sam. Les deux hommes échangent quelques mots, en flamand cette fois. Pas un seul sourire. Le portier de l'hôtel Mayfair est très impressionné. Quelques rides supplémentaires viennent flétrir son visage poli, ses lunettes s'embuent. Le manager pose une question très courte. Sam montre du doigt la nouvelle venue, toujours plantée devant la porte d'entrée.

— Monsieur Kurja, je vous présente Félicie !

La gamine se rebiffe, lâchant entre ses dents serrées :

— Pas Félicie, Félix. Tronche de cake !

L'Albanais se lève en souriant. Il n'est pas grand, il est immense. Mince, carré, dur, froid. Terrible. Il vaudrait mieux qu'il ne sourie pas, ce serait moins effrayant.

— Bienvenue, Félix…

Omer Kurja parle un français impeccable, avec juste une pointe d'accent.

— … Félix est un pseudo ambigu pour une comédienne. Très bonne idée, mademoiselle.

L'Albanais oublie aussitôt Félix pour engueuler le portier :

— Dites-moi, Sam, vous m'aviez parlé d'une fille enceinte ?

Malaise. Sam se décompose. Le bout de ses oreilles rougit, il bafouille :

— Mais elle est enceinte, monsieur Kurja.

Sam fait un signe nerveux à Félix qui ne bouge pas d'un poil. Omer Kurja s'avance vers la gamine, la toise et se retourne vers le portier.

— Je ne vois là qu'une gamine un peu ronde. Mignonne soit, un peu ronde… Mais pas assez enceinte.

Félix s'insurge :

— Comment ça, pas assez ? Vous me faites quoi comme sketch, là ?

Kurja fait le tour de son bureau en bougonnant :

— Pas assez enceinte, sans doute encore mineure mais déjà casse-couilles…

Il ouvre un tiroir et en sort deux classeurs.

— … Le sketch, comme vous dites, mademoiselle, concerne des femmes enceintes. Vraiment enceintes.

Le manager ouvre un des classeurs. Félix s'approche et découvre un étalage de chair, des photos grand format de scènes de baise où des moustachus poilus enfilent allégrement des femmes aux ventres très rebondis. Omer Kurja explique froidement :

— Le marché est en pleine expansion. Avec Internet, la demande pour ce type de spécificité va croissant. Mais j'ai peur que dans votre état, vous ne conveniez pas exactement. Ou du moins, pas encore.

Sam, affolé, tente de rattraper le coup :

— Faites quelques clichés, monsieur Kurja. Une fois déshabillée, ça n'a rien à voir.

Omer Kurja ricane :

— Je vois. Vous l'avez essayée sans doute ?

Sam se tourne vers Félix, les dents serrées :

— Déshabille-toi !

L'Albanais le coupe net :

— Pas ici, Sam ! Où vous croyez-vous ? Nous ne sommes pas dans un de ces bordels nauséabonds avec étal de viande sur rue. Allez au studio photo, demandez à Etienne de faire trois diapos de cette conne et cassez-vous. Je vous rappellerai plus tard.

Félix éructe, outrée :

— Mais ho, bande de glands ! Ils sont pas beaux, eux ? Et moi ? Dégun me demande mon avis ? Il est pas question que je…

Omer Kurja la coupe, très sec :

— Mademoiselle vient du Sud. Les putes du Sud sont statistiquement beaucoup plus vulgaires, c'est prouvé. Et elles sont généralement beaucoup moins délurées. Vous vous êtes encore loupé, Sam. Je ne vous retiens pas.

La porte capitonnée s'ouvre automatiquement. Dieu les éjecte de son bureau d'un geste méprisant. Félix et son chaperon se retrouvent plantés dans le couloir glacial. Sam montre son majeur dressé bien haut à la caméra de vidéo-surveillance qui lui répond avec un chuintement de réprobation. Félix s'emballe :

— Vé-le ! Il se prend pour qui, cette daube mal cuite ? Il est pas question que je me laisse niquer devant l'objectif de son photomaton. Surtout pour atterrir à poil sur une étagère du marchand de journaux de Kallisté.

Le portier redescend l'escalier, hors de lui :

— Suis-moi, pauvre gourde.

C'est bon, un vent de révolte. Ça fait du bien, ça secoue les méninges, les siennes et les nôtres. Il était temps qu'elle réagisse, la petite. Son comportement m'a soulagé. Je la pensais résignée, elle est remontée comme une horloge.

— *Elle va s'en prendre plein la tête si elle résiste.*

Hé, Vinaigre, c'est toi qui dis ça ? Ou c'est elle qui le pense très fort ? Je commence à avoir du mal avec ton mental de lavette.

— *C'est elle et c'est moi. La tension monte trop autour de nous. Je dois la persuader d'arrêter sa contestation puérile. Tant pis pour le choc, tant pis pour les parties de jambes en l'air à répétition, il faut qu'on en sorte vivants.*

Que tu dis, Vinaigre ! Quatre mois que j'y songe : je ne suis toujours pas convaincu qu'en sortir vivant soit la bonne solution. Naître ? On va débarquer dans un univers de paumés, à supporter une mère absente pour cause de tapin alimentaire, à endurer les violences des proxénètes qui la colleront comme des mouches sur du caramel, à prendre des coups de latte de ses amants occasionnels qu'on gonflera. Parce que des gamins en bas âge, ça gonfle l'entourage immédiat, surtout si l'entourage est en manque de coups à tirer. Un mec qui va aux putes, il paye pour avoir le calme et la volupté. Nous, on l'aura jamais, le calme et la volupté.

La solution à tous nos problèmes est simple. Elle en prend plein la tête une bonne fois pour toutes, elle y reste et on démarre une autre histoire, ailleurs.

— *Mais c'est du suicide !*

Je suis d'accord. C'est du suicide. Mais assumé. On a toutes les bonnes raisons, non ?

— *Taré ! Taré ! Elle va s'en prendre plein la gueule et c'est nous qui allons déguster. C'est tout ce que je vois.*

Incroyable. Tu es une vraie gonzesse, mon jumeau !

— *Et toi ? Qu'est-ce que tu en sais si tu es pas une vraie gonzesse ?*

Intox. Je le sais, Vinaigre. Je suis un mec, un authentique. J'en suis sûr. Et tu peux pas savoir ce que ça m'emmerde de me trimbaler avec un jumeau femelle. Tu es une fille, c'est ça ?

— *J'en sais rien, enfin. Crétin prétentieux. Puisque je te dis qu'on ne peut pas le savoir à l'avance.*

Toi peut-être. Moi, je sais.

Aïe, la lumière augmente sensiblement de l'autre côté. Elle stresse comme jamais. Une musique sirupeuse vient lui taper sur le système.

L'énervé qui tout à l'heure conduisait la voiture l'engueule maintenant. La voix de ce mec l'obsède. La gamine le vit mal. Rien de bon en perspective.

— Comme enquêteur, tu es pas mauvais. Comme copilote, tu es lamentable.

La BMW bleu métal est coincée au fond d'une impasse sombre. Il pleut. Les deux Marseillais sont largués. Ils viennent de se farcir une à une toutes les ruelles d'un quartier à l'agonie. Léo craque. Il arrache le livre des mains de Meljibson' en râlant :

— Tu aurais dû acheter un guide en français.

— C'est une carte bilingue, Léo. J'y peux rien s'ils n'ont pas mis les noms des rues sur ce plan.

Le gros Léo allume son plafonnier, se plonge dans le décryptage de son plan incompréhensible, le tourne dans tous les sens et cherche une vue d'ensemble de la région. Sans succès. Il râle :

— Mais qu'est-ce qu'on branle à Braine-l'Alleud ? On cherche Waterloo.

— Waterlooooo ! Mooorneuuu plaineuuuu !

— Tu me fatigues avec Victor Hugo, Meljibson'.

Léo Bocognano ouvre sa vitre, jette le guide dans le caniveau, passe la marche arrière et part en trombe. Deux poubelles voltigent avant de répandre leur contenu gras sur les pavés. Le petit teigneux s'accroche à sa portière :

— T'énerve pas, Léo. On pourrait demander à des passants.

— On a demandé quatre fois à des passants. Les passants se sont foutus de notre gueule. Quatre fois. Deux fois en flamand, deux fois en français. J'en peux plus de ce pays, Meljibson'. Elle peut crever toute seule, Félix. On rentre à la maison. Je laisse tomber.

La bagnole bringuebale sur les pavés humides. Meljibson' avise une vieille à cheveux rares qui promène un caniche blanc à poils rares.

— Laisse-moi essayer une dernière fois, Léo !

La Béhème pile dans un dérapage bruyant. La vieille fait face, courageuse, son chien de garde à l'arrêt.

— Pardon madame… Madame ? Vous êtes d'ici ? On cherche les studios Styx.

La grand-mère ouvre de grands yeux et postillonne :

— Vous devriez avoir honte, des adultes responsables comme vous, s'intéresser à de telles futilités !

Léo marmonne :

— Laisse tomber. Elle aime pas le cinéma, la vieille. C'est pas assez sérieux comme occupation.

Meljibson' se lâche et improvise :

— On vient pas pour visiter. Nous sommes comédiens et ils nous attendent.

La grand-mère se penche vers la voiture, observe les pantalons, les visages et les carrures des deux hommes. Un sourire en coin illumine son visage :

— Vous êtes deux braguettes magiques ? Vous n'en avez pas l'air. En général, c'est des beaux mecs musclés, les braguettes magiques... Deuxième à gauche, puis troisième à gauche, puis tout droit. Vous prenez des produits ?

— Des produits ?

— Pour bander pendant des heures et des heures ?

Léo dévisage la dame au chien, déconcerté. Meljibson' bafouille :

— Mais on ne bande pas pendant des heures, enfin !

— Et ils vous ont quand même engagés chez Styx ? Tout se perd. D'habitude, ils prennent plutôt des figurants priapiques. Allez, bonne soirée.

La vieille tourne les talons, traînant son clébard tétanisé à bout de laisse. Meljibson' ricane :

— Braguette magique ! Félix est chez les braguettes magiques, trop trop fort !

Léo fulmine :

— Avec moi, c'est un sac. Dès que j'ai le dos tourné, elle se déchaîne dans des films de cul. Quelle salope. Je vais vraiment lui éclater la gueule.

Elle a dû vraiment lui éclater la gueule, lui faire très mal.

Ça a bougé dans tous les sens, ça a hurlé fort, ça a fracassé des objets fragiles. La gamine s'est pris quelques coups douloureux, nous aussi. Mais elle a cogné. Très fort.

Puis la lumière a baissé, le froid est revenu. Depuis elle court.

Elle court comme une dératée, dans la nuit glaciale. A travers champ. Qu'est-ce qu'elle fout près de la ferme d'Hougoumont, ma mère ? Parce que là, j'en suis certain. On est tout près de ce qui a été une ferme fortifiée, une position stratégique clef dans la bataille de Waterloo. Moment intense d'une vie précédente, je suis mort pas loin d'ici, embarqué avec le 5e régiment des cuirassiers du maréchal Ney dans une charge désespérée.

C'est marrant comment on ressent bien les vibrations des lieux marquants depuis l'intérieur étanche des entrailles d'une mère. Puissant et précis. Dans vingt ans, je passerai peut-être ici en simple touriste sans me douter de rien, trop absorbé par l'environnement pour percevoir quoi que ce soit. Aujourd'hui, je n'en vois rien mais je sais que c'est là. Les images me reviennent. Est-ce qu'il y a toujours ce verger, à côté de la ferme ? Ce jardin où je me suis retrouvé seul survivant face aux alliés déchaînés, traînant le cadavre de mon compagnon d'arme Augustin Delmulder, le vaillant capitaine ? Expérience forte. On ne doit pas être très loin de la chapelle où ils m'ont achevé. Ils étaient combien, en face ? Mille ? Deux mille ? J'ai dû m'enfuir avec la même énergie que la gamine en ce moment.

Parce qu'elle court toujours, ma mère. Combien sont-ils derrière elle ? Où va-t-elle ?

— *Elle n'en sait rien, crapaud. Elle est perdue.*

Je le sens bien qu'elle est perdue. Je n'arrive plus à gamberger. Tout ça est trop perturbant. Cet endroit me balance des vibrations terrifiantes dans le crâne, la course de ma mère commence à m'asphyxier. A chaque foulée, je prends le pied de mon jumeau dans la tête et son genou dans mon cou. Mais cette fois, il ne me frappe pas exprès. C'est le ballottement dû à la fuite éperdue de la gamine qui nous cogne l'un contre l'autre. Mon alter ego ne moufte plus. Tu es mort de trouille, Vinaigre ?

— *Fais pas le mariole ! Attends qu'on soit sortis de là et tu vas voir ta gueule.*

On ne sortira jamais de là. On crèvera avant, mon jumeau.

— Léo, c'est là !

— Je le vois bien, que c'est là.

Le gros Léo et son acolyte teigneux ont bloqué sur le fronton éclairé au néon qui clignote dans la nuit. Ils ont tout de suite remarqué le X géant rose de « StyX ». Ils ont mis quelques secondes à comprendre que « production's » s'allumait progressivement en se courbant vers le haut comme un sexe masculin en érection, le « s » s'éclairant en blanc un peu plus haut, éjaculé après un temps d'arrêt. Meljibson' émet un sifflement admiratif :

— Ils rigolent pas avec la signalétique, les Belges. C'est pas une enseigne de pédé !

— Ça ! On n'est pas chez les tarlouzes.

Le petit teigneux marque un temps de réflexion :

— Quoique, va savoir !

— Va savoir quoi, Meljibson' ?

— Va savoir, on est peut-être chez les pédés.

Meljibson' est fasciné par l'enseigne lumineuse en forme de bite.

— On va faire quoi maintenant, Léo ?

Léo extirpe le Sig-Sauer coincé dans une poche de son manteau long, fait passer une balle du chargeur dans le canon et pose l'arme sur le tableau de bord.

— On va faire un malheur.

Lentement, il gare sa voiture à côté de la Jaguar mais dans le sens du départ. On n'est jamais trop prudent.

— Ho Léo ? Tu crois qu'il y a un concierge, ici, le soir ?

Les deux hommes sortent et se dirigent vers la porte vitrée. Aussitôt, le bloc de marbre tondu de l'entrée apparaît. Léo ricane :

— Gagné ! Il y a un concierge ici, le soir.

— Ho Léo ? Tu crois que c'est un pédé ?

— Compte tes dents d'abord et demande-lui gentiment.

Le gigantesque vigile s'interpose. En flamand, bien sûr. Meljibson' fait preuve d'abnégation. Il compte rapidement ses dents avec le bout de sa langue et murmure :

— Vous pourriez nous parler en français ?

Le gardien en muscles massifs fait preuve de bonne volonté et reprend sans s'énerver avec un fort accent wallon :

— Vous avez rendez-vous ?

Léo répond en s'énervant :

— Non !

En une fraction de seconde, Léo place son pistolet sous le menton du vigile, en appuyant très fort. Meljibson' vient confirmer les propos de Léo en appuyant très fort le canon 8 pouces de son Casull sur les côtes du même vigile. Léo reste concis :

— Félix ?

— Vous lui voulez quoi, à Félix ?

— Lui raconter une belle histoire d'amour.

Le garde du corps a un mauvais réflexe. Il tente de sortir un ridicule. 6,35 de son pantalon. La réplique est immédiate, Léo baisse son arme et lui tire dans le pied. Le garde du corps s'effondre en râlant. Meljibson' l'assomme d'un coup de talon dans la tête et conclut :

— On trouvera tout seuls, merci.

Ils ouvrent la porte vitrée et entrent dans le labyrinthe glacial. Les deux Marseillais s'enfoncent dans un dédale de murs en parpaings, de cloisons en placoplâtre, de couloirs en contre-plaqué. Un vague éclairage de service en néon décrasse leur chemin. Ils essaient de pousser chaque porte qu'ils croisent. Sans succès. Au rez-de-chaussée, tout est fermé. Seule la porte donnant sur le terrain vague dans l'arrière-cour bat toujours, agitée par les courants d'air. Aucune raison de ressortir du hangar. Ils empruntent l'escalier en colimaçon et s'arrêtent au premier niveau. Léo fait signe à Meljibson' de faire moins de barouf avec ses santiags sur les marches en acier. Des bruits de conversations arrivent du fond du couloir, derrière une porte surmontée d'une loupiote rouge.

— Regarde la lampe rouge au-dessus de la porte, Léo ! C'est un bordel, non ?

— Non, Meljibson'. Une porte fermée avec une loupiote rouge dessus, c'est un studio en pleine séance d'enregistrement.

Tout en se dirigeant vers le fond du couloir, le petit teigneux précise :

— Ah ouais, un jour j'ai assisté à un enregistrement d'une émission de télé en studio. C'était un vrai bordel !…

Les deux hommes s'apprêtent à pénétrer dans le studio quand une voix les arrête.

— Vous cherchez quelqu'un ?

Un chauve tout maigre est juste derrière eux, sorti d'une salle de montage. La cinquantaine, très pâle, reniflant sans arrêt, l'air hagard, le chauve réitère sa demande :

— Vous cherchez quelqu'un ?

Léo revient sur ses pas, toise le monteur pâlichon, ressort le Sig-Sauer de sa poche de manteau et vise le haut du crâne lisse.

— On cherche Félix.

Le monteur chauve ne se démonte pas.

— Ah, je vois. Vous êtes les braguettes magiques pour « Le plus dur est derrière nous » ? On vous attendait.

Léo n'y comprend rien. Meljibson' pouffe, deux pas derrière. Le chauve montre la porte sur laquelle la loupiote rouge vient de s'éteindre.

— Allez-y maintenant. Vous pouvez entrer, Félix est dedans.

Léo tourne lentement la poignée, son flingue dans l'autre main. Meljibson' a sorti son revolver lui aussi. Tout en retournant à ses occupations, le monteur famélique leur lance :

— Laissez tomber avec vos flingues de carnaval. Aux accessoires, on devrait vous trouver des pistolets beaucoup plus crédibles que vos canons d'opérette en fer-blanc chromés.

Les deux Marseillais pénètrent lentement sur le plateau, presque gênés. La lumière est drue. Etalés sur un lit plus grand que la moyenne drapé de satin synthétique rose, deux couples nus attendent qu'un électro change la lampe d'un projecteur. Les deux types discutent football pendant que les filles feuillettent des magazines de mode récupérés sur une table de nuit. Un accessoiriste les engueule en flamand en leur faisant signe de remettre les journaux à leur place précise. Au fond de la pièce, trois autres techniciens s'affairent autour d'une caméra. Personne ne calcule les nouveaux arrivants.

Léo est tétanisé, il a encore bloqué. Ce coup-ci, c'est sur la taille des sexes des deux mecs à poil. Meljibson' a les yeux braqués sur l'anatomie des deux filles, subjugué. L'accessoiriste consciencieux s'approche d'eux en souriant et déblatère une longue phrase incompréhensible en désignant du doigt l'arme du gros Léo. Le gros se réveille brutalement à la seconde où l'accessoiriste ose mettre un doigt sur le canon de son pistolet. Il hurle :

— On ne le touche pas, mon pistolet. Même pas on le regarde, mon pistolet ! T'as compris ? C'est mon outil de travail et on le respecte, mon pistolet.

Tous les regards se braquent vers les deux nouveaux arrivants. Un silence approximatif tombe instantanément dans le studio. Seul un des deux comédiens approuve la colère du gros.

— Ah, ça, bravo monsieur ! C'est ce que je dis depuis longtemps. Le pistolet, c'est notre outil de travail et un outil de travail, ça se respecte.

Léo ne capte pas bien la remarque, hausse les épaules et articule péniblement :

— On cherche Félix.

L'accessoiriste se détend, fait un signe convenu de la tête et sourit :

— Fallait le dire de suite. Venez avec moi, je vous emmène. Vous venez voir la star ?

— La star ?

L'accessoiriste traverse le studio à grandes enjambées. Meljibson' et Léo lui emboîtent le pas. Le petit teigneux grommelle :

— Félix, star du porno ?

Léo lui répond :

— Impossible. Si Félix était capable de quoi que ce soit, ça se saurait.

L'accessoiriste adresse une nouvelle pique en flamand à une des filles siliconées encore plongée dans un catalogue de vente par correspondance posé dans le décor. Le technicien pointilleux enchaîne en français :

— Vous devez être les nouvelles braguettes magiques ? Je ne vous ai jamais croisés ici. Félix va être ravi de vous voir. Félix ?

Remue-ménage dans l'arrière-salle. Grognement, chaise qu'on traîne, bouteille qu'on rebouche, tiroir qu'on claque, une silhouette apparaît. Un borgne ventru en treillis militaire se plante dans l'embrasure du cagibi tapissé des affiches de tous les films pornos réalisés par Félix Félin. Détail perturbant, le treillis camouflé de Félix Félin est rose à taches mauves.

— Quoi encore ?

— Les braguettes magiques pour les scènes gays sont là, Félix !

— Haaa, enfin !

Le borgne bedonnant fait deux pas vers le gros Léo. Meljibson' est resté en arrière, toujours fasciné par les deux actrices nues étalées dans le décor. Félix Félin, la star européenne des réalisateurs de films pornographiques accueille les nouveaux arrivants les bras ouverts :

— Bienvenue. On vous attendait.

Félix Félin s'approche du gros Léo et lui tâte les testicules d'un geste amical :

— Allez les pédés, déshabillez-vous qu'on voit votre puissance de feu.

La réplique est immédiate. Le poing de Léo Bocognano part très vite. Très fort. Félix Félin retourne en vol plané dans son cagibi, arrachant la porte et quelques affiches au passage.

— Tu veux la voir, ma puissance de feu ?

Léo se retourne et pointe son flingue vers la figure de l'accessoiriste qui devient livide.

— Vous voulez vraiment la voir, ma puissance de feu ?

Léo dévie imperceptiblement le canon et tire. La balle va percuter la lentille frontale d'un des projecteurs du studio qui explose. Les filles crient et s'enfuient derrière un paravent. Les deux acteurs se planquent derrière le lit. Les techniciens ont du mal à comprendre pourquoi ce déferlement soudain de violence. Léo hurle vers son acolyte :

— Meljibson', putain ! Au lieu de mater les culs de ces pouffiasses, réagis !

Meljibson' réagit. Sans réfléchir du tout, juste pour garder une contenance. Il braque son Casull au hasard vers la caméra et tire. Le bruit est terrifiant. La caméra s'éparpille dans tout le studio. Mouvement de panique, tous les occupants du plateau détalent dans les couloirs. Léo va ramasser la star des réalisateurs pornos tapi derrière son bureau bancal et lui plaque son canon encore chaud sur la tempe. Félix Félin est toujours borgne, mais son deuxième œil est cerclé de bleu. Léo est très clair :

— Je veux voir le boss. Tout de suite.

— Il est là, le boss.

La voix est grave, avec un léger accent des pays de l'Est. Léo découvre un grand type debout près de la porte d'entrée du plateau. Une bizarre mèche argentée barre sa chevelure brune. Pas joyeux, le boss. Derrière lui se tient un vieux technicien moustachu en blouse maculée de taches de révélateur, un mouchoir plaqué sur son front ouvert. Omer Kurja a les mâchoires qui grincent, Meljibson' les entend crisser de là où il est.

Léo lâche le col du réalisateur borgne qui s'effondre sur une chaise brisée et fait face au grand Slave, son Sig-Sauer braqué droit devant lui :

— Monsieur Styx, c'est ça ? C'est vous, le patron de tout ce bordel ?

— Ce n'est pas un bordel, monsieur. C'est une maison de production. Vous avez une réclamation à formuler ? Un de nos films vous a déplu ? Ou bien notre site sur le web vous choque-t-il ?

— Je m'en branle, de votre site sur le web…

Omer Kurja sourit, crispé :

— Bravo. C'est exactement le but de ce type de messagerie.

— Tu es trop trop drôle, monsieur Styx. Mais j'ai pas envie de rigoler. On cherche une pute qui s'appelle Félix et qui doit être quelque part dans ton hangar.

Kurja montre le moustachu du doigt :

— Si c'est la même, Etienne mon photographe est le dernier à l'avoir vue ici. Il s'en souviendra longtemps. N'est-ce pas, Etienne ?

Le photographe soulève légèrement son mouchoir, le sang envahit aussitôt son front. Il grimace et sort une phrase assassine en flamand. Le boss traduit :

— C'est votre Félix qui lui a démoli le portrait, il y a quelques minutes. Votre Félix a également détruit l'installation de mon studio photo et un équipement Hasselblad flambant neuf. Elle s'est enfuie par le terrain vague derrière les studios mais son agent vient de partir la récupérer. Vous la cherchez vous aussi ? Vous êtes amateurs de femmes enceintes ?

Meljibson' remue le crâne, incrédule :

— La gamine est enceinte ! Tu savais ça, Léo ?

Léo encaisse l'information et s'assombrit :

— Un, je suis son agent, cette fille est à moi. Deux, elle s'est tirée de Marseille et je suis venu la récupérer pour lui casser la bouche. Parce qu'aucune girelle ne s'est jamais payé la tête de Léo Bocognano. Trois, si un autre type a voulu me doubler, il va s'en prendre plein la tête lui aussi…

Meljibson' intervient prudemment :

— Calme-toi, Léo !

Léo le foudroie :

— Toi, tu ferais mieux d'aller me récupérer l'autre cagole dans le champ d'à côté plutôt que de me donner tes conseils à la con…

Sans attendre, le petit teigneux se fraie un chemin entre le boss ulcéré et son photographe amoché. Il disparaît bruyamment dans le couloir alors que Léo poursuit :

— Et quatre, qu'est-ce que vous foutez avec des filles enceintes ?

— De belles images de couples d'amoureux en pleine action.

— Tu veux rigoler, monsieur Styx ?

— Il y a un marché pour ça !

— Tu dis : « un marché » ? Mais, ho ! Tout part en couilles ou quoi ? Une femme enceinte, ça ne se respecte pas un minimum chez vous ?

Omer Kurja regarde les débris de la caméra :

— Chez nous, on respecte le matériel. Toutes ces filles sont des putes. Et nous les payons très bien. Je suppose que vous allez me faire une leçon de morale typiquement méditerranéenne sur les femmes qui deviennent des mères et à qui on doit une vénération éternelle…

Un bruit sourd interrompt le boss, un bruit de pas hésitant accompagné d'un râle dû à un effort surhumain, suivi d'un juron bien senti en néerlandais. Le son est réverbéré par les structures métalliques du couloir. La silhouette imposante du vigile en marbre massif apparaît derrière Omer Kurja. Malgré son pied explosé et sa tête tuméfiée, il a réussi à monter jusque-là. Le bloc de marbre qui fait office de concierge n'est pas content du tout, il beugle un ordre impératif, en flamand.

Etienne le photographe et Omer Kurja plongent aussitôt sur la moquette. Le vigile prend appui sur le chambranle et commence à vider le chargeur de son ridicule .6,35 vers le gros Léo. Le Corse s'aplatit aussitôt derrière le bureau du cagibi, laminant Félix Félin déjà planqué là. Léo Bocognano se recroqueville sur le réalisateur, le temps que le pistolet du concierge musclé se taise faute de munitions. Kurja profite de la confusion pour s'éclipser ailleurs en rampant. Etienne le photographe est trop sonné pour bouger, il n'a plus le point et sa vitesse d'obturation est trop lente. Félix Félin est recouvert d'une couche de plâtre volatilisé par les impacts, il bégaie :

— Mon Dieu ! Mon Dieu ! Tout ça va très mal finir.

Léo approuve :

— Pour le grand balèze d'en face, y'a des chances que ça ne finisse pas très bien.

Une fois le .6,35 d'en face déchargé, le gros se relève comme le diable d'une boîte à ressorts et tire deux fois. La première balle atteint le vigile dans la poitrine, la deuxième dans la tête. Le haut du corps en charpie, le bloc de marbre tombe à la renverse, tout droit et fait un raffut dément lorsqu'il se répand dans le couloir. Léo est rouge vermillon de rage. Il peste :

— Je ne les supporte plus, tous ces Belges de merde.

Dans un réflexe énervé, il vise la tête d'Etienne le photographe toujours étalé en carpette à la porte du studio et tire. La balle traverse le plancher à quelques millimètres du moustachu anéanti. Léo donne un coup de pied dans les côtes de Félix Félin qui pleure de trouille :

— Tu devrais t'éloigner quelques minutes, ça va chauffer trop trop fort dans ce rade.

Le gros Léo sort un briquet de sa poche et allume un rideau de nylon du décor qui flambe immédiatement.

*
* *

Au loin, l'éclairage municipal provoque un halo orange sur les nuages bas. Plus près, le faisceau d'une lampe torche provoque une panique bleue dans les méninges de la gamine.

Félix se gèle, terrée derrière les deux arbres morts stockés au fond du terrain vague. Mauvais calcul, elle aurait dû ressortir par l'entrée principale, vers la ville, plutôt que de s'échapper par la porte de derrière. Sauf qu'il y avait ce monstrueux vigile tondu posté en chien de garde en pleine discussion houleuse avec deux nouveaux venus. Et maintenant ? Sam, humilié, fou de rage, explore tous les recoins de ce champ en friche où elle est tapie. S'il la retrouve, il la tue. Ou pire.

Félix se dit qu'elle est dans une impasse. Félix se dit qu'elle ne va pas se laisser achever là, comme une bête malade. Félix se dit qu'elle devrait réagir vite. Félix a un flash, sensation bizarre, malaise. Elle vient de voir comme dans un rêve éveillé des cavaliers emplumés lui foncer dessus.

C'est quoi, ce délire, cette histoire de soldats emmasqués sur des chevaux emballés. Le faisceau de la lampe torche de Sam balaie le mur au-dessus d'elle. Un début d'incendie commence à ronger tout le premier étage des locaux des productions StyX. Elle a bien entendu les cris, les coups de feu, les cavalcades des occupants du studio affolés. Un autre flash lui traverse l'esprit. Elle voit une chapelle en ruine, un verger dont les arbres brûlent, des hommes déguisés en Napoléon qui courent dans tous les sens et s'écroulent en sang.

Félix est en sueur malgré le froid. Elle hésite encore. Un coup de pied dans son ventre la décide. Elle caresse son bébé, prend son souffle et arrive à mesurer la distance entre elle et le portier. Quand on est face à une impasse, on ne reste pas planté là comme une gourde, à regarder le mur du fond. On fait demi-tour et on se casse. Félix profite de l'embrasement de tout un pan du hangar pour s'échapper.

Et ça marche ! J'y suis arrivé ! Bravo, la grande, c'est exactement ça. Quand on est face à une impasse, on ne reste pas planté là comme un gland, à regarder le mur du fond. On fait demi-tour et on se casse. Ma mère a percuté comme je l'espérais. Ce n'est qu'une question de vocabulaire.

— *C'est un hasard !*

Je t'emmerde, mon jumeau. On peut lui faire passer tous les messages qu'on veut, il suffit de lui donner confiance. Tant que je la considérais comme une gamine, ça ne marchait pas du tout. Je l'ai appelé « La grande » et elle a démarré au quart de tour. Il est temps qu'elle réagisse comme une adulte, la grande.

Panique générale chez StyX production's.

Les techniciens se sont échappés sur le trottoir détrempé. Massés devant l'entrée principale, ils attendent l'arrivée de Dieu en jacassant. Les comédiens recouverts de fripes récupérées à la hâte les ont rejoints. Tout ce petit monde poireaute sous la pluie, éclairé par les néons bleus et roses clignotants de l'enseigne en forme de sexe en érection.

A peine le décor embrasé, Léo Bocognano a laissé la star des réalisateurs pornos détaler comme un dératé vers d'autres plateaux plus sûrs. Le borgne en treillis s'est évaporé. Jetant son Zippo allumé au milieu du plumard en satin synthétique, Léo a quitté la pièce enfumée sans s'attarder. Trois portes plus loin dans le couloir, il a repéré un labo photo plein de bidons de produits chimiques. Il a tiré au hasard dans trois cuves. Une d'elles s'est enflammée, provoquant une épaisse fumée noire qui a envahi très vite tout l'intérieur du bâtiment.

De son côté, Omer Kurja s'est enfui vers son bureau directorial pour y récupérer une arme. Dieu a grimpé quatre à quatre son escalier en colimaçon, croisant le dernier monteur besogneux encore à l'ouvrage. Le chauve maigrichon se décidait enfin à évacuer les lieux en râlant sur un faux raccord. Toujours aussi reniflant, le monteur a tenté de poser une réclamation à son patron concernant le manque de professionnalisme des scriptes engagées par la production. Omer Kurja lui a fait comprendre en très peu de mots que c'était pas vraiment le moment de se préoccuper des faux raccords et que les stagiaires engagées par les productions StyX étaient de piètres professionnelles mais des baiseuses de première bourre. De divines salopes…

Dieu a coupé court à la conversation pour se précipiter vers le troisième étage malgré les suggestions de son monteur. Mauvais choix. Une langue de flammes a parcouru toutes les coursives de son paradis en quelques secondes. Dieu s'est réfugié dans son bureau. La moquette de l'étage directorial s'est embrasée. L'incendie a attaqué les combles.

Coincé derrière sa porte capitonnée, Dieu se demande maintenant combien de temps ce dérisoire bouclier pourra le protéger.

Léo descend quatre à quatre l'escalier en colimaçon. Il se jette vers la porte ouverte sur l'arrière-cour et crie :

— Meljibson' ! Laisse tomber la gamine. Ça tourne trop mal. On se casse.

Le terrain vague est trop sombre pour y distinguer quoi que ce soit. Léo aperçoit un faisceau de lampe torche qui s'agite dans tous les sens. La voix lointaine de son acolyte lui parvient, altérée par la pluie :

— Je le termine et j'arrive !

— Tu termines quoi ?

Une flamme énorme sort du flingue de Meljibson'. La détonation qui suit est aussi monstrueuse. La lampe torche tombe au sol et s'éteint. Nuit noire. Léo s'apprête à hurler à nouveau quand une furie venue de nulle part le bouscule. Le Corse n'a pas le temps de réaliser qu'il est déjà sur le cul, étalé les quatre fers en l'air. Félix est passée comme une trombe. La gamine traverse en courant le rez-de-chaussée du bâtiment en flammes. Léo se redresse douloureusement :

— Félix ! Mais qu'est-ce que tu fous là !

La grosse voix du Corse derrière elle la fait détaler encore plus vite. Elle se retrouve sur le pas de la porte d'entrée, face à tous les employés qui la regardent sortir avec un drôle d'air. Félix bouscule tout le monde et disparaît deux ruelles plus loin. Le gros Léo se retrouve à son tour face au personnel hagard des productions StyX.

— Qu'est-ce que vous foutez là comme des glands ? Vous voyez pas que le film est terminé. Allez ! Fin de séance. On évacue.

Léo tire en l'air et explose l'enseigne qui dégringole sur le pavé. Le X rose s'abîme sur le toit de la Saab. Le néon en forme de sexe mâle se répand sur le capot de la Jaguar rouge. Seul le petit « s » finit de griller accroché au mur dans un court-circuit pitoyable. Tous les spectateurs s'éparpillent en cavalant. Un cacophonique concert de sirènes commence à l'autre bout de la ville. Les premiers gyrophares colorent le rideau de pluie de l'autre côté du terrain vague. Meljibson' arrive à bout de souffle, son Casull fumant à la main :

— On devrait peut-être pas trop s'attarder.

Les deux Marseillais se précipitent vers leur BMW. Au passage, Meljibson', prévoyant, tire une balle de .454 dans les moteurs des bagnoles garées devant l'entrée. Les trous dans les capots sont aussi monstrueux que les déflagrations. Léo démarre comme un dingue. Il évite de justesse le premier camion de pompiers qui déboule dans la traviole toutes sirènes hurlantes. Meljibson' jubile :

— J'ai déquillé ton concurrent.

— Quel concurrent ?

— L'autre agent de Félix, Léo. Tu as l'exclusivité maintenant.

— C'était pas la peine de le buter pour ça !

— Je l'ai pas flingué complètement. Juste, il pourra plus jamais écrire les contrats de la main droite. Et Félix ?

Elle court.

Elle court vite, ma mère. Une vraie panthère échappant à un feu de brousse. Elle a pris une grande décision : elle va s'en sortir ! Sa résolution ne m'arrange pas. J'aurais préféré une mort rapide, une solution définitive. Mais c'est son choix.

— *Et c'est un choix excellent, taré !*

A l'usage, je n'en suis pas sûr. Une question me tarabuste depuis quelques minutes, malgré les remous de sa course effrénée : j'ai reconnu une voix que je n'avais jamais entendue avant...

— *Moi aussi, je l'ai reconnue, rigolo.*

La question n'est pas de l'avoir reconnue, mon jumeau. Qu'est-ce qu'il fout à Waterloo, notre père ?

7

— *Toi, la braise de ma vie, un seul de tes regards m'anéantit…*

— Félix ! Tu vas pas gagner un franc si tu passes ton temps à bramer !

— Vé-la, elle ! Ho Rosalie ? Je t'emmerde, Rosalie… *Wouoooo… J'avale tes mots, tes paroles, tes baisers…*

— Bon, Félix, écoute-moi, « tia cabrona » !… Si tu veux vraiment chanter, chante au moins des chansons tristes. Tu es là pour faire pitié.

— Haa, ça va, Rosalie, lâche-moi un peu… *Wouooou… Et moi, je franchirai… yeaaééé… Les rivages… Wouooh… Pour toi wouaaah… Les chevaux wouoooh parcourent les nuages…*

— Putain, Félix ! Tu fais pas pitié du tout. Et tu fais pas gitan du tout non plus. Tu connais pas une chanson en espagnol ?

FEVRIER

— Félix ?

— Deux cent cinquante-trois.

— Super, Félix. Bravo !

Félix frétille. Chaque fois que Juan pose ses yeux ténébreux sur elle, elle frétille. Il est tellement beau. Brun et beau. Et tellement gentil. Et sa voix ! Sa voix, justement :

— Alors Félix ?

La gamine rougit et se précipite vers la boîte en fer-blanc posée au milieu de la cour. Fascinée par le timbre grave du beau Juan, elle a failli se louper dans l'immuable rituel. Félix, maladroite, sort toutes les pièces de ses poches et les verse dans le tronc commun. Bruit de ferraille. Juan lui met la main sur l'épaule, elle en tremble de bonheur.

— Va t'occuper des petits, à l'intérieur. Sois gentille.

Alors que Joséphine amène son pécule dans la boîte

en fer-blanc et se fait engueuler en espagnol par le beau Juan, Félix quitte le cérémonial et rejoint les gamins dans le bâtiment. A l'intérieur du restaurant abandonné, les cinq gamins s'amusent à faire enrager un rat prisonnier dans une cage artisanale.

Miguel et José, les deux fils de Juan, sont les plus déchaînés. Ils ont trouvé des aiguilles à tricoter dont ils ont brûlé l'extrémité et essaient de confectionner une brochette vivante avec la bestiole qui ne se laisse pas faire. A bien les regarder, Félix se demande si toute cette marmaille n'est pas le fruit de Juan. Deux filles et trois garçons entre deux et cinq ans, crasseux et turbulents, bruns et typés comme le chef de la tribu. Félix donne un coup de pied dans la cage pour éloigner le pauvre rongeur de ces bourreaux. La cage valdingue derrière un vieux comptoir, Félix braille :

— Ho les minots ! Arrêtez d'emmerder Mickey.

Quatre gamins s'éparpillent et répliquent en chœur :

— Va te faire enculer, la grosse !

Le cinquième, plus petit, n'arrive pas bien à articuler « la grosse ». A deux ans, c'est normal. Il donne un coup de pied dans les jambes de Félix avant de partir en courant vers l'extérieur.

Le nuage de gosses déboule au milieu de la cérémonie quotidienne de la remise des gains. Ils se cognent dans les jambes de Juan qui en prend un par le col et lui met une gifle à lui démonter la tête. Juan attrape une des gamines par les bretelles et lui vire un coup de pied dans le bas du dos. Les trois autres gamins vont se cacher dans un vieux poulailler. Juan referme la boîte en fer-blanc contenant l'argent gagné par les femmes en une journée de mendicité. Il traverse la cour en terre battue, contourne une épave de camion Citroën et va coincer les minots en poussant une roue de tracteur devant la porte du poulailler.

— Je vous libère dans une heure, les gnards !

Rosalie ose un pas vers le chef de tribu, gênée :

— Juan, ils vont crever de froid là-dedans. Tu peux pas…

— Je peux ! Ça les calmera.

Le gitan cale la boîte en fer-blanc sous son bras et distribue les rôles avant de rentrer dans le restaurant :

— Demain matin, Joséphine va avec le petit Miguel à Port-de-Bouc. Ensuite j'emmène Rosalie avec Caroline à Istres. Pascal amènera les trois plus grands dans le centre de Marignane, ils se démerderont pour rentrer à pied le soir. Et Félix…

Juan pénètre à grands pas dans ce qui était il y a encore quelques années un restaurant de plage en pleine activité. Félix est penchée sur la cage du rat. Elle a du mal à se baisser, son ventre commence à prendre beaucoup de place. Le beau gitan se poste derrière elle et reste droit comme un if.

— Félix ?

Elle se redresse, parcourue d'un frisson. Juan lui parle doucement :

— C'est demain, ton rendez-vous au centre médical de Martigues ?

— Heu… Oui… Mais…

— J'ai une course pour toi, avant.

— Pas à Marseille, je…

— Non, pas à Marseille. Je sais que tu veux pas y aller, à Marseille. Je t'emmènerai à Aix, on n'en a pas pour longtemps.

Félix lève son regard vers le ténébreux maître des lieux. Cet homme est fascinant. Elle bave devant lui. Comme la première fois, il y a juste un mois, dans le train.

*
* *

Le train du retour ! Après son passage dévastateur dans les studios de Styx production's, Félix s'est planquée à Charleroi deux jours. Le temps de s'organiser, de détrousser des touristes imprudents qui réglaient leur note d'hôtel sans avoir fermé leur voiture, d'emprunter un Booster à un jeune cadre inconscient qui négociait un contrat de routine dans un café du centre, de mendier à la sortie d'une église pour avoir un peu de monnaie et de chiper un téléphone portable sur un comptoir de bar, aussitôt jeté dans le caniveau parce qu'un portable sans le code d'accès, ça sert à pas grand-chose sinon à frimer. Félix n'avait pas le cœur à frimer. Elle est arrivée à rejoindre Lille en stop, frôlant le viol à deux reprises.

C'est dans le T.G.V. pour Marseille qu'elle a rencontré le beau gitan. Avant le départ, trois fonctionnaires des douanes ont commencé à emboucaner la gamine, lui faisant déballer tout le contenu de son sac, la harcelant de questions stupides pour la déstabiliser, la menaçant de représailles administratives imbéciles, le minable abus de pouvoir habituel d'hommes en uniforme se trouvant face à une fille plutôt jolie. Juan était assis en face. Il a simplement dit, calmement mais d'un ton qui ne supportait aucune remarque :

— Vous devriez laisser ma femme tranquille.

Deux douaniers ont fait aussitôt les canards, s'éclipsant vers d'autres adolescentes à emmerder. Le dernier a opposé un début de résistance en demandant, arrogant :

— Vous avez vos billets ?

Juan a arraché le ticket composté des mains de Félix, a sorti le sien et s'est levé souplement. Il faisait quinze bons centimètres de plus en hauteur et en largeur que le fonctionnaire zélé. Il lui a murmuré à l'oreille :

— Je n'ai pas à te montrer nos billets. Tu n'es pas contrôleur de la SNCF, tu n'es qu'un enculé de douanier. Mais je te les montre quand même parce qu'elle et moi, on n'a rien à se reprocher. Maintenant, écoute-moi bien. Ma femme est enceinte de six mois. Si tu l'importunes et que tu lui manques de respect encore une fois, on règle ça entre hommes, sur le quai.

Juan lui a montré le cran d'arrêt fermé qu'il garde toujours au chaud dans sa poche. Le douanier a dégluti bruyamment et a rejoint ses collègues dans le wagon suivant sans moufter. Félix avait enfin rencontré un prince charmant. Un vrai.

Vraiment charmant.

Il lui a parlé pendant une bonne partie du trajet, tout le temps où elle n'a pas dormi. Il avait une voix ! Félix n'a pas trop su quoi lui raconter pour se faire mousser. Quand elle a parlé chanson, il lui a décliné tous ses amis musiciens gitans. Il les connaissait tous. Intimement. Quand elle a parlé clip vidéo, il lui a sorti un annuaire complet de sociétés de productions travaillant en direct pour MCM. Comme MCM n'évoquait absolument rien à la gamine, Juan a fait glisser les carnets de commandes de ses connaissances de MCM à M6. Félix connaissait M6.

Félix n'a pas parlé de Kallisté. Pas très glorieux. Elle a oublié de raconter la vitrine de Mme Olga dans la sinistre rue d'Aerschot. Elle a strappé les productions Styx et le portier du Mayfair. Elle a mimé un cour de chant avec Elise, Juan ne connaissait pas Elise. Il a parlé de Barcelone, d'Andalousie, de Roumanie et du Tibet. Pourquoi le Tibet ? Félix ne s'est pas posé la question, trop fascinée. Il lui a expliqué les règles et la philosophie de la corrida, elle a frissonné. Il a fredonné un air de flamenco qui tombait à pic, l'histoire d'une malheureuse fille enceinte de six mois dans un train pour nulle part. Elle a tout gobé. Tout. Comme elle n'avait pas l'intention de retourner vivre à Kallisté, cette rencontre providentielle l'a emballée.

Juan ! Elle l'aurait suivi n'importe où. Jusqu'au bout du monde.

Le monde s'est arrêté sur les rives de l'étang de Berre, à un jet de pierre des raffineries. Depuis un mois, Félix fait la manche pour une tribu de gitans fichés au grand banditisme qui squattent une pizzeria désaffectée sur la lugubre plage du Jaï, langue de dunes marécageuse entre Martigues et Marignane.

— *Et ici, au moins, on est tranquilles.*

Parle pour toi, mon jumeau

— *Quand on est au milieu de la tempête…*

Je sais : on trouve un port abrité pour se réfugier et on attend la fin des bourrasques.

— *Tu n'es pas content, crapaud ? On a trouvé un port abrité et la fin de la tempête est proche.*

Imbécile heureux. La tempête ne fait que commencer. Quand on sera sortis de ce cocon, on va se régaler à vivre dans un campement de Sioux, au milieu des cris, de la misère et des poubelles. C'est vrai que pour notre mère, cette vie au quotidien est la plus sécurisante qu'elle ait jamais vécue. Une famille qui se tient les coudes, de quoi bouffer, de quoi dormir, et le grand amour à l'horizon. Elle ne va pas être déçue par le grand amour.

Juan ! La gamine a trouvé un nouveau gourou. La situation lui convient parfaitement. Rien à penser, juste à suivre les consignes. Elles sont pas compliquées, les consignes. Ramener un maximum de fric en faisant pleurer sur son sort. Souvent, elle pense à nous, recroquevillée sur le pas des portes, avec un des gamins de la tribu comme faire-valoir. Elle se dit que ça doit pas être très rigolo pour son bébé de passer des journées entières au même endroit, dans le froid, pendant qu'elle tend la main en rabâchant la même litanie. C'est pas l'immobilité qui est pénible. Le corps et les membres de mon jumeau me coincent la tête et m'étouffent et cette enflure ne fait rien pour m'aider. J'ai beau me débattre, Vinaigre profite de son statut et de sa position d'aîné. Ça promet pour la suite.

— *C'est la dure loi de la jungle, crapaud. La loi du plus costaud.*

Le plus costaud devrait s'arrêter de faire le mariole. En attendant, le plus costaud a bien compris comment manipuler la gamine depuis l'intérieur. Lui parler positif, la traiter en adulte responsable… Je suis arrivé à lui faire fuir la situation impossible dans laquelle elle s'était fourrée, à Waterloo. Ma prédominance n'aura duré que quelques jours. Mon jumeau a très vite pris le pli. Profitant d'un afflux de bonheur, dans le train, il a repris le dessus. C'est grâce à lui qu'on se retrouve planté chez les manouches en attendant que ça passe.

J'ai essayé de l'encourager : « Maman chérie », « La grande », « La Callas », « Dalida ». « Dalida » avait peu de chance de marcher, va savoir en quelle année on est. Peut-être deux ou trois générations sont passées depuis Dalida. Notre mère ne doit jamais avoir entendu parler de Dalida. J'ai tenté de la considérer comme une battante, de la responsabiliser, mais ça non plus, personne n'a jamais dû lui expliquer comment ça marche. Dommage.

*
* *

— Ce sac, c'est ton sac. Avec écrit Adidas dessus. Tu ne le lâches pas jusqu'à ton arrivée à Aix, compris ?

Félix comprend.

— A la gare routière, Petit Michel t'attendra. Tu te souviens de Petit Michel, mon ami ? Celui qui est passé mardi avec la GTI ?

Félix se souvient de la GTI.

— Tu débarques du car des Alpes, tu l'embrasses, tu mets ton sac dans le coffre, tu montes dans sa voiture, tu vas chez lui, vous prenez un café ensemble…

— Un café ?

Félix n'aime pas le café.

— Un café ou ce que tu veux ou rien, je m'en cogne. Cinq minutes plus tard, vous redescendez de chez lui, tu remontes dans la bagnole, il t'emmène à la cité u'.

Félix n'a jamais entendu parler de la cité « u ». Drôle d'idée d'appeler une cité « u ».

— Tu descends de la GTI de Petit Michel, il t'ouvre le coffre et là, tu prends l'autre sac Adidas. Te plante pas de sac, Félix ! Sur celui que tu as dans les mains en ce moment, regarde, Adidas est écrit en entier et en blanc. L'autre sac dans le coffre, c'est le même mais le deuxième « a » est taché en rouge.

Félix commence à décrocher. Elle vient de se farcir cinquante bornes dans une guimbarde à bout de souffle jusqu'à Meyrargues, pour refaire le trajet en sens inverse en car jusqu'à Aix. Cette histoire de sac la gonfle. Elle ne comprend pas pourquoi faire tout ce cinéma pour un trafic de faux papiers. Surtout pour la bonne cause. Juan lui a tout raconté dix fois. Les Maliens dans les centres de transit des aérogares, les Algériens enfermés dans le dépôt d'Arenc sur le port de Marseille, et ces cartes de séjour bidons fournies par Petit Michel qui a des combines avec une imprimerie officielle. Malgré toute l'admiration qu'elle porte au beau Juan, elle craque. Elle a mal au bide. Juan insiste :

— Tu as compris, Félix ?

Félix a compris.

— Alors répète !

Félix ne veut pas répéter :

— Mon vié, Juan ! Je suis fatiguée, j'ai mal au ventre. Je ferai tout comme tu as dit, je laisse le sac sans la tache, je prends celui avec la tache… Je fais tout comme tu veux. Mais après, tu me récupères à ta cité « u » et tu m'amènes vite à mon rendez-vous chez le docteur. Je dois avoir un problème avec le bébé.

Juan fait une grimace, regarde dans son rétroviseur et aperçoit le bus de la ligne Digne-Marseille qui déboule sur la grande nationale bordée de platanes.

— N'oublie pas. Petit Michel est filé par les condés. L'important, c'est que ces enculés se doutent de rien. Tu es la nièce qui débarque des Alpes pour aller faire ses études. L'innocence même.

— Juan !

— Quoi encore ?

— C'est normal pour une nièce des Alpes qui vient faire des études d'être enceinte jusqu'au cou ?

— C'est pas commun mais c'est encore plus touchant. Allez, Félix, applique-toi !

Juan la vire gentiment mais fermement de sa vieille Rover et part sur les chapeaux de roues. Félix se traîne jusqu'à l'arrêt de bus, son sac à bout de bras, en faisant de grands signes au chauffeur du car.

*
* *

— Vous connaissez les trois plaies de la Provence, mademoiselle ?

Félix réfléchit. Elle pense au gros Léo, à son acolyte teigneux qui ressemble à Mel Gibson mais en très laid. Elle pense à Akim le frère de Fatima, à Kader et ses pitbulls, aux cinq gamins de Juan. Elle calcule sur ses doigts. Ça fait beaucoup plus que trois plaies. Félix dévisage le vieux débris qui attend avec elle sur le quai de la gare routière balayé par un mistral à décorner les buffles. Cette vieille pègue la colle depuis qu'elle est montée dans le car. Le vieux l'a soûlée durant tout le trajet et il ne la lâche plus, même une fois arrivés. Le retraité entreprenant insiste :

— Alors ? Vous ne les connaissez pas, les trois plaies de la Provence ?

Non, Félix ne connaît pas les trois plaies de la Provence. Félix est au trente-sixième dessous depuis qu'elle a débarqué du car des Alpes. Elle se gèle, elle a mal au ventre, Petit Michel n'est toujours pas arrivé et ce vieux qui pue le parmesan avarié la harcèle avec ses questions insipides.

— Eh bien, je vais vous le dire, mademoiselle…

— C'est ça, accouche !

Le retraité la dévisage, surpris. Il observe le ventre rond de la gamine et se met à ricaner, exhibant un dentier tout neuf planté entre deux chicots noircis.

— Vous avez beaucoup d'humour, mademoiselle.

— J'ai pas d'humour et tu me casses les couilles.

De l'autre côté de l'avenue, une R5 providentielle klaxonne au même moment. Le vieux ne se démonte pas :

— Il faut que j'y aille, ma femme vient d'arriver. Nous pouvons vous déposer quelque part, mademoiselle ?

— Lâche-moi ! Va niquer ta vieille et lâche-moi. Le

temps que tu arrives à triquer, ça te laissera du mou pour lui expliquer les trois plaies de la Provence.

Parmesan n'insiste pas. Pas vexé pour deux sous, il traverse les deux voies réservées au bus et marque un arrêt prudent sur le terre-plein central. Une camionnette bringuebalante dévale l'avenue de l'Europe en direction des quartiers ouest d'Aix. La vieille pègue rejoint sa femme en sautillant, agrippé à sa casquette malmenée par une bourrasque. En grimpant à la place du mort, il crie depuis l'autre côté de l'avenue :

— Le mistral, mademoiselle… Le mistral est une des trois…

Sa femme l'engueule. Il ne termine pas sa phrase et referme sa porte. La R5 part. Félix se retrouve seule, en plein vent, son sac posé à ses pieds. Parmesan avait raison, le mistral est bien une plaie. Elle vit un supplice. Des tourbillons soulèvent le sable des travaux sur l'esplanade du parking Méjanes, en face. Des nuages de poussière sont propulsés sur les quais d'embarquement. La nouvelle gare routière est déserte, les rares passagers débarqués du car des Alpes en même temps que Félix se sont volatilisés en un clin d'œil. La « Gare Gouille », baraque à sandwiches au look top mode, a son rideau fermé comme toutes les fois où le vent déboule violemment du nord, position intenable pour le vendeur de hot dogs, pour ses accessoires les plus légers et pour ses brûleurs au gaz butane.

Les portes du petit local de vente des billets restent fermées par miracle, malgré les rafales. Les grands panneaux d'affichage des horaires oscillent sur leur socle. Deux affichettes coloriées à la main annonçant une probable grève à venir se sont disloquées, elles ne tiennent plus que par quelques rubans de papier adhésif jauni. Le claquement répétitif des feuillets déchirés est très énervant mais il n'y a personne à énerver. Pas un seul passager qui attend, pas un seul clodo qui cuve, pas un seul SDF qui déambule, pas non plus de Petit Michel dans sa GTI qui attendrait sur la voie d'en face. A chaque coup de vent, le capot mal verrouillé d'un bus en panne garé le long du dernier quai d'embarquement vient cogner le montant de son pare-brise.

Félix commence à paniquer. S'il ne vient pas, elle fait quoi ? Juan lui a tout précisé. Il n'a pas envisagé cette hypothèse. Un coup de pied venu de l'intérieur la plie en deux de douleur, elle se redresse et caresse son ventre pour rassurer son bébé. La porte de l'espace informations cède sous la pression du vent. Elle s'ouvre brutalement et se met à battre en grinçant. Un employé des liaisons expresses régionales vient refermer en bougonnant. Un feuillet détaillant les changements d'horaires pour Sisteron se déchire et s'envole vers la bibliothèque Méjanes. Tempête sur les périphériques d'Aix, tempête sous le crâne de Félix. La gamine essaie de se concentrer, sans résultat.

Une R18 usagée s'arrête à un bout de la gare routière, protégée des bourrasques par le bus abandonné. Ses trois passagers sont en grande discussion. Ils ont dû louper le car qui vient de repartir vers Marseille. Des polycopies de devoirs de maths chiffonnées volettent tout autour de la gamine, une page vient se coller contre son sac Adidas. Félix la récupère et tente un décryptage. Les maths ! C'est pas son truc, les maths. Elle, c'est le chant. Dans la vie, on gagne beaucoup plus de pognon avec le chant qu'avec les maths. De toutes les Spice Girls, aucune n'était bonne en maths. Elle le sait, elle l'a lu dans « Jeune et Jolie ». Il paraît que Clarisse Worx, la Canadienne, non plus. Ni Alvina…

— Tu attends quelqu'un, miss ?

Félix sursaute. Elle n'a pas entendu arriver ce grand Black avec ses dread-locks, son béret rouge-vert-jaune tricoté, son sac à dos râpé et ses vêtements amples. Félix ressasse en catastrophe les consignes données par Juan : avant tout, se méfier des condés. Elle n'a jamais vu un flic noir avec une casquette de rasta mais une impression bizarre l'envahit, le même pressentiment qu'à Bruxelles, lorsqu'elle attendait Ludo devant l'hôtel Mayfair.

« Il est pas clair, ce Black ! »… L'astuce la fait sourire un très court instant. L'utilitaire bruyant toujours conduit par ses deux ouvriers du bâtiment repasse pour la deuxième fois en face. Elle attend que le raffut de la camionnette se soit estompé pour répondre :

— Heu… Non. En fait, je crois que j'ai loupé le bus pour Marseille.

Le Noir lui décoche un sourire de dragueur du samedi soir :

— Ha ça ! Il est parti depuis cinq minutes. Tu l'as bien raté.

Le grand Black pose son sac au sol et regarde autour de lui. Il n'a pas l'air très détendu. Frigorifié.

— Tu devrais pas rester là, miss. Dans ton état, tu vas attraper la crève.

Félix remercie d'un sourire pour le conseil, soulève son sac et part lentement vers le centre-ville, épiant le moindre mouvement de bagnole autour. Toujours pas de GTI en vue. Un couple de bourgeois friqués, fringués comme pour aller à l'opéra décampe de la baraque des renseignements. Sitôt sortis, l'employé bougon revient fermer nerveusement la porte derrière eux. La gamine remonte lentement le trottoir qui mène vers le rond-point suivant, slalomant entre les merdes de chien écrasées sur le goudron. Elle croise les deux quinquagénaires. Le couple se déchire mais leur engueulade est diluée par le vent violent.

Félix imagine les mêmes quinquagénaires trente ans plus tôt, sur un banc de faculté, l'un hyper brillant en maths, l'autre hyper brillante en physique. Hyper brillants en tout mais nuls en musique. Ils ont une tronche à ça, ces bourges-là ! Des matheux qui chantent faux et qui comptent leurs pas quand ils dansent. Félix se met à imaginer ce couple de rupins dans une boîte, s'essayant à un tango appliqué au milieu d'une piste enfumée et sur de la musique techno. L'image la fait sourire. L'image suivante la fait blêmir.

Un violent crissement de pneus s'est répercuté sur les murs depuis l'autre bout de la gare routière. Une golf GTI explose la barrière d'accès et déboule en dérapage dans un des couloirs de bus, stoppant net toutes les supputations de la gamine. C'est bien Petit Michel, et il n'est pas seul. Derrière lui, une Safrane emballée le course, le serrant de très près. Petit Michel tente un virage au frein à main, se mange le terre-plein central, faisant gicler quelques potelés de sécurité et se retrouve sur la voie descendante.

Plus bas, la camionnette bruyante des B.T.P. réapparaît comme par enchantement. L'utilitaire recule en catastrophe et vient bloquer la rue. Les deux ouvriers du bâtiment s'éjectent de l'habitacle et se postent à l'abri de leur carrosserie. Le premier exhibe un Colt Python, le second un Ruger chromé. Les deux hommes se placent en position de tir, braqués sur le fuyard qui fonce sur eux. Félix n'en croit pas ses yeux. A sa tête déconfite, Petit Michel non plus.

La poussive R18 réapparaît elle aussi et vient faire un tête-à-queue en haut de l'avenue pour bloquer l'autre bout de la voie. Les trois occupants en sortent bardés de gros calibres. Piégé comme un mulot. Petit Michel refait un tête-à-queue et tente de passer en force entre le bus abandonné et un des quais. Il y laisse tout le flanc droit de sa GTI dans une gerbe d'étincelles. Les abribus des quais 10, 9 et 8 partent en miettes les uns après les autres dans un déluge de verre pilé.

Le grand Black n'a pas bougé. Il sort un .44 de son sac à dos, vise la Golf et tire deux coups précis. Les deux pneus avant déjantent, la voiture termine sa course folle dans une sucette de signalisation. Petit Michel ne s'arrête pas là pour autant. Sur sa lancée, il passe à travers le pare-brise et vient s'étaler devant sa bagnole, la gueule en sang.

Au lieu de s'enfuir morts de trouille, les deux quinquagénaires se sont mis à courir en direction de la GTI, exhibant chacun un .38 spécial. La Safrane exécute une marche arrière sonnante pour barrer définitivement la route à l'épave de Petit Michel qui, dans l'état où il est, ne risque pas de repartir tout de suite. Félix détale, terrorisée. Elle ne se retourne pas, les yeux rivés sur le sol. La gamine rejoint l'avenue des Belges en quelques secondes et disparaît vers la place de la Rotonde.

Dix personnes armées affublées de brassards fluorescents se retrouvent autour du corps inerte de Petit Michel. Trois d'entre eux commencent une fouille approfondie de la Golf. Le grand Black ouvre le coffre et en sort un sac Adidas. Il pète les plombs :

— Mais que je suis con, putain ! C'est le même sac ! La gamine ! Où elle est passée, la gamine enceinte ?

Les deux flics déguisés en ouvriers du bâtiment se mettent aussitôt à courir vers le haut de l'avenue alors que les occupants de la Safrane remontent dans leur bolide banalisé et repartent en dérapage fumeux vers le centre d'Aix.

J'ai cru mourir.

— *Et alors, crapaud ? C'est pas ce que tu voulais, mourir ?*

Tu es malin, Vinaigre. C'est pas faux, j'aimerais bien en finir. Mais pas de cette manière-là. Et pas seul. Pas étouffé par mon jumeau.

Cette ordure m'a coincé la glotte avec le pied avant que la gamine ne s'installe dans le bus. C'était un bus, j'ai reconnu le ronronnement du moteur. J'ai commencé à m'étrangler, Vinaigre m'a roué de coups pendant tout le trajet. Pas des coups violents, plutôt des attaques sournoises, là où ça fait mal.

— *Tu m'as cherché, crapaud, tu m'as trouvé.*

J'ai répliqué dès que la gamine s'est retrouvée debout, à sa descente du bus. J'ai envoyé les pieds, les poings, la tête. Mais le froid nous a surpris. La course folle qui a suivi nous a assommés. Douloureux. Un processus naturel a dû se déclencher et une vague de substances paralysantes nous a anesthésiés. C'est peut-être le début de la fin, les prémices du prochain passage. Si c'est le cas, on va commencer à perdre beaucoup de notions extérieures. Les sensations étaient à leur maximum depuis quelques jours.

— *Arrête ton cinéma, crapaud. Il faudra bien qu'elle accouche un de ces jours, la grande. Le plus tôt sera le mieux.*

Elle ne va quand même pas accoucher dans une gare ! On est dans une vraie gare, j'ai reconnu l'ambiance. Toujours ce carillon avant les annonces, toujours la même voix nasillarde incompréhensible, toujours les roues des wagons qui résonnent sur les jointures de rail, toujours ce calme des quais désertés après le départ des convois. Elle s'est assise pour souffler, Vinaigre en profite pour recommencer à me harceler avec ses coups sournois.

— *Tu vas en baver, crapaud !*

Tiens, il sait faire de l'humour, mon jumeau ?

Félix a parcouru les cinq cents mètres qui séparent la gare des cars de celle des trains à une vitesse record. Exténuée, elle s'est assise dans le hall d'arrivée, dissimulée derrière le robot de vente automatique des billets, son dos calé contre un distributeur de boissons. Elle tente de reprendre son souffle malgré l'agitation qui règne dans son ventre. Elle n'aurait jamais cru qu'un seul bébé puisse faire autant de raffut.

Des sirènes hurlent dans tout le quartier. Les flics doivent être devenus fous. La Safrane est déjà passée deux fois à tombeau ouvert devant la gare SNCF, Félix n'a pas moufté.

— Vous allez à Monaco ?

Après le quizz sur les trois plaies de la Provence, voilà un nouvel emmerdeur qui la prend pour une borne de renseignements. Félix lève la tête mais l'odeur qui lui parvient l'oblige à repiquer du nez. C'est une infection. Et c'est une emmerdeuse, pas un emmerdeur. Elle a ses cheveux gris droits sur la tête, trois épaisseurs de manteaux les uns sur les autres, plus une seule dent d'aplomb, un cabas rempli de vieux sacs plastique à bout de bras, une carte postale chiffonnée dans l'autre main. Sa voix rappelle le grincement des roues du train qui vient de repartir vers Gardanne.

— Vous allez à Monaco ?

La photo délavée représente Monaco, c'est écrit dessus. Félix balaye la vieille clocharde et sa carte postale d'un geste nerveux. L'épave, agressive, revient à la charge. L'air mauvais, elle renverse son cabas sur les pieds de la gamine. Un inventaire de fin de soldes au secours catholique se répand sur les carreaux du hall de la gare. Des gobelets transparents sales et fendus, des stylos bouffés, des chiffons maculés, une chaussure de randonneur, une canette de bière vide qui se brise en touchant le sol, des rouleaux de papier hygiénique rose qui se dévident comme des tapis rouges, d'autres cartes postales de Monaco. Félix réalise que c'est la même carte mais en cinquante exemplaires. Cinquante fois le prince, ses gamins, cinquante fois Grace Kelly, le rocher, la mer, cinquante fois Monaco il y a trente ans. La vieille a dû récupérer tout le lot. La clocharde fouille au fond de son cabas et sort une boîte de bouffe pour chat à moitié consommée présentant des traces récentes de coups de fourchette. Félix a un haut-le-cœur. Elle repousse la vieille, terrifiée à l'idée qu'on va la remarquer. Un mouvement suspect et les flics débarquent dans les secondes qui suivent. La folle ne bouge pas, elle demande encore :

— Vous allez à Monaco ?

Félix bloque sa respiration, s'approche de l'oreille de l'intruse et murmure :

— Ici, c'est le train pour les Alpes. Il y passera jamais, à Monaco.

La vieille est stupéfaite. Elle approche la carte postale vers ses yeux, passe un index noir de crasse sur le visage de Grace Kelly et revient postillonner sur Félix :

— Vous allez à Monaco ?

— Mais vé-moi-là, elle ! Casse-toi, connasse.

La clocharde marque un temps d'arrêt. Un éclair de haine passe dans ses yeux hagards, elle se met à hurler à la mort. Les rares passagers présents dans la salle contiguë se retournent. Félix panique :

— Tais-toi !

La furieuse hurle de plus belle. Félix réussit à la repousser, l'épave revient lui cracher dans la figure en beuglant :

— A Monaco ! A Monaco !

Posté sur le dernier quai et stoïque jusque-là, le chef de gare traverse les voies pour revenir vers le hall. Il est tendu, le chef de gare, sur ses gardes, mis en condition par la panique ambiante dans la ville. Félix se dégage de l'haleine de la vieille cinglée. L'allumée a tout juste le temps de crier un dernier « à Monaco » avant de se vautrer par terre, déséquilibrée par le départ précipité de la gamine. Félix fonce vers la rue sans se retourner, renversant au passage un présentoir garni d'horaires dépliants qui s'éparpillent avec le courant d'air. Le chef de gare déboule dans le hall, la vieille folle s'agrippe à sa veste en lui demandant s'il va à Monaco. A sa mine déconfite, il aurait aimé y être déjà, rien que pour échapper à cette furieuse nauséabonde.

Elle court. Tant qu'elle court, je survis. Les mouvements désordonnés de sa fuite empêchent mon jumeau de me harceler. Maigre satisfaction. Cette agitation va s'arrêter à un moment donné. Et Vinaigre va recommencer à me martyriser. Je pressens que les derniers moments de cette gestation interminable vont être terribles. A part les phases de sommeil, ça va être un calvaire. Ça promet pour notre vie extra-utérine à venir.

Dehors, il doit faire un froid de loup. Elle s'arrête, repart, s'arrête. Elle est perdue, la grande. Larguée. Chaque fois qu'elle se pose pour réfléchir ou pour demander son chemin, Vinaigre me balance des coups de pied dans la gueule. Ma seule chance serait qu'un nouveau flux de substances anesthésiantes nous submerge. Ça le calmerait. Pour l'instant, on en n'est pas à dormir. Une vague de stress vient de débouler, très très mauvaise, une angoisse de la fin du monde…

Félix a commencé par dévaler l'avenue Blondel comme une cinglée. Elle a subitement réalisé que courir était le moyen idéal pour se faire repérer par les patrouilles toujours en pleine hystérie. Elle a régulé son pas, sa respiration et trouvé sur sa gauche une voie de circulation privée à emprunter. Idéal, une traviole discrète. Discrète mais glacée. Elle n'a pu y rester cachée plus de trente secondes, trop agressée par le mistral qui s'engouffrait entre les murs à l'ombre.

La gamine a aperçu un groupe d'étudiants très chics sur eux qui descendaient vers les facultés. Elle a tenté de se fondre dans le troupeau. Difficile, elle faisait tache au milieu de ce défilé ambulant de griffes de luxe. La Safrane des flics est repassée aller et retour, à une vitesse stroboscopique. La maison poulaga s'est définitivement éclipsée vers le boulevard du Roi René. Félix a tenu bon, malgré deux réflexions acides. La gamine a tenu la dragée haute à une « connasse emplumée de sa race de ses morts » le temps que les sirènes se fondent dans le brouhaha de la circulation. Pour montrer qu'elle aussi avait de l'éducation, Félix a craché dans le caniveau avant de quitter le groupe et de traverser la rue vers les sinistres immeubles du rectorat. Le crescendo d'un nouveau signal deux-tons l'a poussée à s'échapper vers le parc Jourdan.

Un jardin public comme planque, pourquoi pas. Une fois franchi le portail mussolinien et son gymkhana de barrières paranoïaques, Félix a longé un long bassin rectangulaire sans fantaisie, en forme de piscine municipale pour nains, ne repérant aucun poisson rouge sous la fine couche de glace. Tout en grimpant vers la partie haute du parc, elle s'est dit qu'un jardin public sans poissons rouges dans les bassins, c'était pas un signe de convivialité exacerbée, même sans connaître l'existence de ces deux mots. La tronche de cake prétentieux de deux grands étudiants blonds et boutonneux croisés en haut des escaliers n'a fait que confirmer sa première impression sur l'ouverture d'esprit des indigènes. Des pelouses tirées au cordeau, des arbres sans feuillage, des allées dégagées, le parc Jourdan n'était peut-être pas une si bonne position de repli. Tout en déambulant, Félix s'est retrouvée devant le buste d'un moustachu à chapeau qui regardait droit vers nord, le nez en plein vent. Elle s'est dit que le surnom de cette figure de santon venait sans doute de son amour pour le zef violent.

Un bruit de pas décidé et dynamique dans le gravier l'a détournée de la statue commémorant Frédéric Mistral. La gamine a avisé une belle étudiante blonde, solitaire et hautaine emmitouflée dans un manteau long en cachemire. Elle a essayé d'oublier ses a priori négatifs et s'est lancée en bafouillant. Félix a demandé le chemin pour se rendre à la cité « u ». L'étudiante s'est d'abord foutue de sa gueule en lui demandant si elle connaissait les lettres suivantes de l'alphabet. Devant les yeux de bogue que lui affichait Félix, la belle blonde s'est laissée aller à une minute de compassion. La charité chrétienne demande quelquefois un petit effort d'abnégation. L'étudiante lui a demandé en bien articulant si elle allait aux Gazelles ou à Cuques, Félix n'a pas compris tout de suite que c'était le nom des deux cités universitaires les plus proches. Le temps de réaliser, son informatrice s'était éclipsée en la traitant d'abrutie. Félix, au bord des larmes, aurait bien rattrapé cette pétasse pour lui mettre un coup de boule. La simple vue d'un employé de la police municipale affairé à installer un panneau d'interdiction sur une pelouse l'a fait détaler.

Une fois revenue dans le bordel ambiant de la circulation, elle s'est dit que tous ces étudiants à l'aise dans leurs pompes et habillés comme des princes devaient se diriger vers les cités universitaires. Elle n'avait pas fait trois pas sur le trottoir qu'un panneau indiquant la cité universitaire Cuques la remplissait de joie. Elle n'avait pas fait deux pas vers le panneau indicateur qu'un coup de klaxon la figeait sur place. Un coup de klaxon nerveux, agressif. Elle n'a plus osé bouger.

Un deuxième coup du même klaxon l'a décoincée. Elle s'est retournée. La vieille Rover cabossée était là, juste derrière elle. Félix a sursauté en reconnaissant son beau gitan. Elle s'est engouffrée dans la bagnole. Soulagée. Juan tirait la gueule des grands jours. Blême. Il lui a aussitôt beuglé :

— Et le sac ? Où tu l'as mis le sac ?

Ce n'est qu'à ce moment-là qu'elle s'est rendu compte qu'elle avait oublié son sac de sport aux pieds de la vieille folle, dans la gare.

Le coup l'a sonné. Un coup magistral, en plein sur la tronche. Mon jumeau est K.O.

Vinaigre essayait de me tuer, j'en suis sûr. Et il recommencera dès qu'il reprendra ses esprits. Pour l'instant, il est hors jeu. Cette enflure a eu un réflexe salutaire pour moi. En défaillant, il a écarté son pied de mon cou. J'ai enfin pu me libérer de son étau.

La lutte continue à l'extérieur. Maintenant, c'est le beau chevalier qui essaie d'achever sa princesse. Le gitan est déchaîné. Les ondes de haine doivent être perceptibles jusqu'à l'extérieur de la voiture. Notre mère vient de se prendre trois coups en travers de la figure qui l'ont assommée.

Merde, elle part dans les pommes. Je le sens très bien. Moi aussi, je commence à défaillir. Il faudrait pas qu'elle nous reste trop longtemps sans respirer, la grande. Pas bon pour la santé. C'est un plan à sortir de là à peu près vivants mais handicapés à jamais.

Sauvés, l'air s'engouffre dans ses poumons. Elle vient de se prendre deux gifles de plus qui l'ont réveillée cette fois. Le beau chevalier braille une suite d'injures dans son dialecte imagé. Notre mère n'y comprend rien mais à la tête que doit lui faire le prince charmant, la situation n'est pas très réjouissante. Un juron hurlé à bout portant dans l'oreille la remet complètement d'aplomb, elle est terrorisée.

Elle saigne. Pas abondamment. Félix s'éponge la lèvre inférieure avec un vieux chiffon trouvé sous le siège. Elle reprend lentement ses esprits, une violente douleur lui crispe le ventre. La gamine se tourne vers son beau macho qu'elle ne trouve plus si séduisant. Il n'avait jamais levé la main sur elle jusque-là, il a bien rattrapé son retard. Les yeux de Juan brillent de colère.

— Alors ? Où tu l'as mis, le sac de sport ?

Hé, ma mère ? On va pas se laisser enfler par ce connard ! C'est pas le moment de baisser les bras. Fais face, la grande ! Montre-lui qui tu es, à cette brute épaisse !

Félix renifle et fait face, avec un courage qu'elle ne s'explique pas :

— Vé-le lui ! Ho, carnaval ! C'est jamais que des faux papiers dans ton sac de sport. Tu vas pas venir me faire un cabinet pour un sac rempli de faux papiers…

Un frisson de bonheur lui parcourt la moelle épinière. Elle se surpasse :

— … Il est à la gare, ton sac. Va te le chercher.

Félix hausse les épaules, ouvre la portière et pose un pied sur le trottoir. Juan lui attrape le bras et la tire vers lui, en la plaquant contre le siège.

— On va aller le chercher ensemble, le sac. Et tu as intérêt à le retrouver !

Dégage-toi et pars, la grande ! Laisse tomber ce cinglé, tu t'en sortiras toujours.

— *Elle se sortira de quoi ?*

Tiens, voilà mon Vinaigre qui fait son retour à la scène, toujours aussi guilleret et optimiste. Elle se sortira du piège dans lequel elle s'est engluée. Tiens tête, la grande !

— Juan, les flics !

— Où ça les flics ?

Une camionnette de livraison bleu, jaune et rouge vient de s'arrêter en travers, barrant la rue devant la vieille Rover. Juan ricane.

— C'est Darty, pauvre conne.

Et Darty, c'est un service après-vente 24 heures sur 24 y compris le dimanche. Pas de bol, c'est ça, le contrat de confiance. Juan gamberge rapidement : on n'est pas dimanche. Juan continue à gamberger : les voitures sont stationnées en vrac et la rue est trop étroite pour contourner la camionnette. Juan finit de gamberger : il est coincé.

Félix balise, persuadée que c'est une embuscade. Même technique que celle utilisée par la Safrane à la gare routière pour coincer Petit Michel. Tout à l'heure, ils étaient déguisés en maçons, en rupins, en rasta. Pourquoi pas en livreurs. Un quadragénaire grassouillet en uniforme bleu rouge et jaune s'extirpe de la camionnette jaune rouge et bleu, un gros paquet rouge jaune et bleu dans les bras. Juan rigole :

— Et lui c'est un flic ? Tu te fais trop de cinéma, Félix !

Le gitan descend sa vitre et sort la tête pour engueuler monsieur service après-vente.

— Dégage de là, trou du cul. Tu vois pas que tu me bloques ?

Le livreur dévisage Juan. Un drôle de silence s'installe. Félix craint le pire. Ils sont foutus. Ce type va sortir un flingue grand comme un paquebot pour la Corse. Il va exhiber une carte officielle tricolore et libérer ses quinze collègues du GIPN tous planqués à l'arrière de la fourgonnette, prêts à canarder tout ce qui bouge.

Rien du tout.

Le livreur grassouillet bougonne une vague phrase en réponse, où il est question de bougnoule, de voleur de poules, de mère prostituée et d'épave bonne pour la ferraille. Juan s'emporte. Bougnoule, voleur de poules, c'est pas grave, il est habitué. Mais traiter sa bagnole d'épave et sa mère de pute, c'est trop. Trop trop. Juan tente une sortie théâtrale de son carrosse, Félix profite de cette diversion pour s'enfuir. Elle place ses mains sous son ventre et part en courant. Une bourrasque s'engouffre dans la portière droite entrouverte qui se plie dans le mauvais sens. Juan oublie aussitôt le trou du cul costumé en rouge jaune et bleu. Il passe la première et part en faisant patiner ses roues, sans plus gamberger s'il a la place de passer ou non entre la camionnette et la file de voitures garées en face. Il n'a effectivement pas la place de passer.

Le grincement est pire que celui d'une craie crissant sur un tableau noir. Les tôles se froissent. La peinture rouge jaune et bleue s'écaille. Les malus s'accumulent. Le rétroviseur droit de la vieille Rover reste incrusté dans le flanc de la camionnette, le gauche s'oublie entre une Mégane et une 106 Peugeot. Sans prêter aucune attention aux cris de protestation de monsieur Darty qui tourne au vert dans son uniforme multicolore, Juan fonce vers la rue où Félix vient de disparaître.

La Rover s'engouffre dans une ruelle bordée de petits pavillons sans caractère, balisant la chaussée d'une traînée d'huile de vidange sale et d'une succession de pièces déglinguées tombées de son bas de caisse. Les invectives hurlées par le gitan couvriraient presque le raffut du moteur à bout de souffle. En quelques secondes, Juan repère la silhouette balourde de la gamine qui disparaît vers l'arrière-cour d'une résidence vétuste pour cadres très moyens. Juan lance sa Rover entre deux rangées de boxes de garages. Il tire le frein à main et abandonne sa bagnole dans un nuage de poussière. Une nouvelle rafale de vent lui arrache la portière gauche des mains et la plie comme une pâte feuilletée. Juan s'en fout. Il s'éjecte de son épave et court.

Félix est à bout de souffle, elle arrive à faire encore quelques pas avant de s'effondrer contre la porte d'un box. Juan la rejoint et la plaque violemment contre les lattes rouillées du rideau métallique. Il incruste ses ongles dans les épaules de la petite et la secoue comme un prunier.

— Tu vas aller me chercher le sac, connasse !

Félix se raidit et se dégage. Elle fait deux pas maladroits sur le côté, il la récupère par le col :

— Si tu retrouves pas ce putain de sac, je te tue.

Juan ne plaisante pas du tout. Il est prêt à la massacrer. Félix le dévisage, arrogante. Elle reprend son souffle, crache par terre et se fout de sa gueule en ricanant :

— C'est ça, coulaud ! Vas-y ! Tue-moi !

Juan en reste con. Il relâche son étreinte. Elle insiste :

— Alors, tu attends quoi ? Tue-moi ! Mais tue-moi, putain !

Juan plaque ses grosses mains sur le cou de Félix et serre. Il la pousse violemment contre la porte du box qui en perd une latte. Le crâne de la gamine vient percuter le métal rongé. Le bruit résonne dans toute l'arrière-cour mais aucun occupant de la résidence ne réagit. Juan cogne une fois, deux fois, trois fois, fort, mécanique. Félix crache, tousse, devient blême. Juan cogne encore. Elle tourne de l'œil, sonnée, le cuir chevelu déchiré. Il relâche son étau, Félix s'écroule en gémissant. Un calme précaire revient, le temps que Juan la redresse brutalement par le col et hurle :

— Tu veux en finir, c'est ça ? Alors ? Tu es sûre que tu veux en finir ?

Juan lui assène un coup de poing qui la projette au sol. Elle se répand sur le gravier, le nez en sang.

— Mais tu es inconscient de lui donner des conseils pareils ! Taré ! Taré !

Je suis bien conscient, mon jumeau. C'est le moyen d'en finir une bonne fois pour toutes. Terminés les angoisses existentielles, les doutes sur mon sexe, les craintes sur nos années de vie commune à venir. Finis le froid et la faim… Et la terreur… Et les chansons à trois sous pour se donner le moral. On va crever, mon jumeau. Maintenant. Ensemble.

— Pas question, taré.

Félix prend appui contre le mur. Elle tente de retrouver une respiration normale sans succès. Elle s'écroule, bave, se redresse et retombe comme un gibier blessé à mort par une mauvaise cartouche. Une douleur lancinante lui parcourt le crâne. Un filet de sang lui coule dans le cou, un autre sur le menton. Elle vacille, sa tête tourne terriblement. Juan approche son visage du sien. Il s'exprime presque gentiment :

— Alors ? Je fais quoi maintenant ?

L'haleine épouvantable de Juan lui donne un coup de fouet. C'est une infection. Elle ne s'en était jamais rendu compte à ce point. Félix plonge un regard toujours aussi déterminé dans celui du gitan. Elle essaie d'articuler mais n'y parvient pas. Elle tousse. Juan enserre ses doigts autour de la gorge de la gamine :

— Tu t'es décidée ? C'est oui ?... C'est non ?... Tu n'as qu'un simple geste à faire avec la tête, c'est toi qui tranches.

Félix ferme les yeux, une larme dévale le long de son nez. Juan serre un peu plus son étreinte.

— Alors ? Ça ne me pose aucun problème ! C'est « oui », tu veux en finir ? Ta vie s'arrête là, terminé ?

Félix ne bouge plus. Elle n'essaie même pas de le repousser, ses bras restent ballants. Juan enfonce son pouce sur sa glotte. Elle n'arrive plus à respirer.

— ... Ou alors c'est « non », tu restes raisonnable et tu me retrouves le sac ?

Elle rouvre les yeux, arrogante. Un coup de pied venu de l'intérieur la fait grimacer. Elle essaie de parler mais n'y arrive pas. Sa bouche reste entrouverte, comme celle d'une girelle s'asphyxiant, prisonnière dans le panier d'un pêcheur.

Sa décision est prise. Livide, elle remue la tête, très lentement.

Non ! Merde... Il y est arrivé.
Vinaigre, enculé !

Elle a dit non. Elle a cédé. Elle remonte dans la voiture. Ils repartent. Elle pleure. Il gueule. Elle a mal à la tronche. Il l'engueule. Elle a envie de vomir. Il la gifle. Elle a envie de lui dire que c'est une ordure. Elle n'ose pas.

Elle n'ose plus rien. Elle est prête à subir. A tout subir. Elle a abandonné. Mon jumeau a gagné.

— *Et je t'emmerde, crapaud !*

*
* *

Si elle n'était jamais allée à Monaco, elle ne pourra plus le faire. Dans l'état où elle est ! Le conducteur de la locomotive n'a dû se rendre compte de rien. C'est rien, quarante-cinq kilos de chair défraîchie face à un convoi de wagons citernes lancé sur une voie ferrée en pente. Le bras gauche a disparu dans les fourrés sur le bas-côté, il reste encore le droit accroché à son buste décharné, la main toujours agrippée à un sachet de plastique transparent éventré. La vieille folle affiche un sourire béat, malgré son look d'ours en peluche démonté par un gamin sadique. Son visage est grossièrement maquillé en pierrot lunaire, une pellicule de poudre blanche s'est collée à une première couche de crasse collante. Juan et Félix n'ont pas eu beaucoup de mal à la retrouver. La vieille folle était connue. Et les indications données par le chef de gare étaient précises.

A la gare, c'est le gitan qui s'y est collé. La gamine s'était déjà trop fait remarquer lors de son altercation avec la clocharde. Trop facilement repérable. Et avec son nez bleui, son crâne sanguinolent et ses joues meurtries, Félix n'était pas présentable.

Juan s'est fait passer pour un lointain parent de la clocharde, il était crédible. A la simple évocation de la cinglée qui pue, le chef de gare a pris un air excédé. L'agent de la SNCF a demandé à tout hasard au gitan s'il venait de Monaco. Devant l'expression incrédule de son interlocuteur, il n'a pas insisté. Le chef de gare a montré la minable voie unique du tortillard qui rejoint les deux métropoles régionales que sont Marseille et Aix. Les deux hommes ont discuté quelques instants. Difficile. A cause du défaut de langue du chef de gare d'un côté, de l'haleine fétide de Juan de l'autre.

A partir de quelques indications précises, Juan a bien visualisé où était situé le squat de son odorante cousine d'emprunt. Deux kilomètres les séparaient du hangar abandonné de la SNCF habité par la vieille. Le chef de gare lui a suggéré de se cogner le trajet à pied le long du ballast, pour être sûr de pas la louper. Juan a répondu que même en conduisant sa bagnole, il la retrouverait à l'odeur. Le chef de gare s'est dit que ça devait être un trait de famille. Un convoi de produits chimiques pour Gardanne arrivait des Milles, l'agent s'est éclipsé pour faire son boulot sans en demander plus.

Juan est sorti au sud d'Aix par le pont de l'Arc cinq minutes plus tard. Le train pour l'usine Pechiney passait au même moment sur la voie ferrée proche. Guidé par le bruit lointain des essieux mal graissés, Juan a laissé les routes goudronnées pour s'enfoncer sur un chemin chaotique. Félix n'a pas ouvert le bec de tout le trajet, pliée de douleur par les agitations anarchiques dans son ventre. Elle en a oublié son nez cabossé, ses lèvres fendues et le froid glacial qui régnait dans la bagnole à cause des portières trop pliées dans tous les sens.

Ils sont descendus de la Rover et ont fait les derniers mètres à pied sur les traverses. Le ballast était parsemé de cartes postales de Monaco, comme un chemin tracé par un petit Poucet monomaniaque. Félix est la première à avoir aperçu le cadavre déchiqueté. Juan a délaissé la pauvre vieille pour se précipiter vers la cabane en planches qui lui servait de nid.

— Ouaiiiiiiiis !!!

Juan jubile. Il brandit très haut son sac Adidas, triomphant.

— Ça y est ! Je l'ai retrouvé.

Félix s'en fout, elle observe la clocharde. Le visage de la morte rayonne d'un bonheur hilare. Les dernières volutes de poudre fine et blanche s'échappent du sachet en plastique transparent qu'elle tient toujours crispé dans sa main droite.

— C'est ça, tes papiers pour les immigrés en situation irrégulière ?

— Tu es une vraie naïve. Tu crois qu'on aurait fait tout ce cinéma avec Petit Michel pour des faux papiers ?

Juan ouvre le sac de sport, surexcité. Il le fouille et en sort cinq autres grosses pochettes transparentes remplies de poudre légère.

— C'est déjà une chance, j'ai retrouvé ma marchandise.

Félix grimace :

— C'est de l'héroïne ?

— Non ! De la cocaïne. De la très bonne. Elle a dû se régaler, la vieille. Elle devait planer tellement haut qu'elle a dû croire qu'elle pourrait arrêter le train avec ses bras. Elle a essayé mais ça marche jamais.

— Et si les flics m'avaient arrêtée ?

— Une gamine mineure et enceinte ? Ça ne s'arrête pas. Ça se protège. Au pire, ils auraient vérifié que tu ne portais pas un faux ventre rempli de came.

Juan referme son sac et se lève précipitamment.

— Allez, radasse. Tu m'as fait perdre suffisamment de temps. On rentre au Jaï.

Félix ramasse une des cartes postales chiffonnées au pied de la clocharde. Monaco ! Va savoir où c'est, Monaco ? Sûrement pas en Belgique. Maintenant, elle connaît la Belgique. En Belgique, il n'y a pas de palmiers, pas de ciel bleu. Il n'y a pas de Céline Dion non plus. Par contre, sur la photo de la carte, Félix reconnaît la gamine à côté du vieux à moustache. Il lui semble bien l'avoir vue chanter à la télé, dans une rétro des années 80. Ils doivent avoir des vedettes internationales, à Monaco. Félix remonte dans la Rover cabossée en grimaçant :

— Juan, tu m'as promis. Maintenant, tu m'amènes au centre médical.

Le gitan blasphème. Il beugle quelques injures sexistes dans son dialecte et se retourne vers sa passagère :

— Ecoute-moi bien, *cabrona* ! D'accord, je te lâche au centre médical à Martigues. Mais après l'examen, tu rentres seule. Ça te fera beaucoup de bien…

Un épais nuage gris s'élève du pot d'échappement. Juan passe la marche arrière dans un craquement de boîte à vitesses douloureux.

— … De Martigues à la plage du Jaï à pied, ça te laissera le temps pour gamberger. Tu as intérêt à plus les oublier n'importe où, mes sacs de poudre.

Depuis qu'on marche, elle a eu tout son temps pour gamberger. Avec tout ce qui tourne à l'intérieur de son crâne, il y a de grandes chances pour qu'elle oublie encore quelques sacs au bord du chemin, notre mère.

Maintenant, elle sait. On est deux là-dedans. Deux mouflets. Deux fœtus pour lui pomper son énergie, son sang et son moral. Elle commence tout juste à réaliser. Des jumeaux ! Une raison de plus pour se jeter d'en haut d'un building, pour se précipiter sous une voiture ou pour commettre un hold-up suicide dans une banque... Deux gamins à pondre. Deux raisons de plus pour en finir rapidement. Dire que mon connard de fac-similé est en train de la convaincre du contraire...

— *Et que ça marche, crapaud !*

8

— *No le temo a la muerte porque morir es natural...* Eh, Félix, tu chantes plus ?

— J'ai pas envie, Paco.

— *... Pero le temo las cuentas que a Dios le tengo que dar...* Ho, Félix ?

— Tu casses les couilles, Paco.

MARS

Fatima est planquée sous une épluchure de pomme de terre.

Qu'est-ce qu'elle fout là, Fatima ? Si Félix n'avait pas croisé son regard, elle aurait continué à peler ses légumes et n'aurait peut-être jamais plus entendu parler de sa copine. Félix évacue la terre et les pelures du revers de la main pour s'en assurer.

C'est bien Fati'. La sœur d'Akim a toujours son voile sur la tête et son sourire niais d'adolescente coincée. Un bout de carotte lui masque le front et son foulard a pris une jolie teinte orangée. Une vraie vedette ! Elle a droit à un quart de page à l'intérieur de *La Provence*. Félix décrypte avec peine ce qui est écrit autour de la photo, le journal n'est pas très frais. Une tache de graisse obture la moitié du texte. La date indique le 8 mars, dans un coin déchiré. Félix lève la tête vers Rosalie, occupée à briquer le lino craquelé de la caravane.

— On est quel jour ?

— On est le 10. Dépêche-toi, va.

Félix coince son ventre proéminent sous la table de camping pour s'approcher du journal. Elle a du mal à lire, pas seulement à cause de l'état délabré du canard. Un titre en haut annonce la page des faits divers. La rubrique d'en dessous donne en pâture au lecteur frémissant quelques récits navrants : les turpitudes de trois tristes RMistes rançonneurs de touristes à Istres et d'une toxicomane cleptomane à Marignane, un morceau d'anthologie de poésie journalistique. Fatima occupe les colonnes d'à côté. Félix recolle deux lambeaux humides qui s'effilochent pour tenter de lire les aventures de sa copine, sans y arriver. Rosalie hausse le ton :

— Dépêche-toi, pour les légumes, que j'ai l'eau qui bout.

Félix est tout excitée :

— Attends, Rosalie, c'est mon amie qui est dans le journal !

La femme de Juan arrache le journal des mains de Félix pour lire l'article de plus près. Elle a du mal à déchiffrer, elle aussi.

— Qui c'est ? Une chanteuse qui a réussi, elle ?

— Viens pas me chercher, Rosalie.

Rosalie n'a pas l'intention de venir chercher Félix. Rosalie est plongée dans le journal. Son index suit mot à mot les informations écrites par un journaliste de la presse locale, ses lèvres s'entrouvrent en silence à chaque syllabe. Félix se lève pour tenter de lire par-dessus l'épaule de Rosalie mais n'arrive qu'à apercevoir la photo de Fatima.

— Ma copine Fati', elle sera jamais une chanteuse qui a réussi. Elle chante comme un tromblon.

Rosalie a un doute. Elle visualise à quoi ressemble un tromblon :

— Ça chante pas, un tromblon.

— Justement. Ma copine Fati', elle chante pas. Comme les tromblons. Elle pourra jamais faire vedette. Son frère veut pas qu'elle chante. S'il la surprend à chanter, il la frappe à mort. Et si jamais un jour il la surprend avec un garçon, il la tue.

Rosalie articule en silence quelques syllabes supplémentaires et fait une drôle de grimace.

— Eh bé… Tu vois, Félix… Soit ta copine chantait trop trop mal, soit elle a rencontré l'amour de sa vie !

J'aime pas quand elle pleure, ma mère. Je ne supporte pas ses sanglots, je ne supporte plus le goût du liquide amniotique quand elle angoisse, je ne supporte pas ses spasmes qui me coincent chaque fois un peu plus contre mon salopard d'alter ego.

On a calmé le jeu, tous les deux. Cette ordure n'a plus essayé de m'étouffer depuis quelque temps. Il m'ignore. Il fait du rentre-dedans à sa mère. Cet enculé a commencé une approche psychologique très fine pour devenir le petit chéri, le préféré dès les premiers jours.

J'ai l'impression d'être enfermé depuis un siècle. J'ai dû recevoir plus de gnons et de coups de stress depuis le début de cette grossesse que pendant toutes mes vies antérieures. Mon jumeau aussi a été bien secoué. Il s'en est pris plein la gueule. Bien fait, il est l'aîné, il est dessus, il me protège. Quand elle se fait frapper, c'est d'abord lui qui trinque. Pas vrai, Vinaigre ? Surtout, ne me réponds pas, bâtard ! Fais celui qui dort, celui qui n'y est pour rien.

Si tu m'avais laissé faire, on serait parti de là. La gamine aurait été débarrassée de ses problèmes existentiels. Nous serions peut-être chacun déjà embarqués dans une autre vie et enfin séparés. Alors qu'on est toujours comme des cons, à se geler dans une cabane frigorifique, entourés d'une tribu de cogneurs poids lourds qui lorsqu'ils ne nous engueulent pas chantent comme des tordus en tapant dans leurs mains. Depuis qu'on est coincés là, elle n'a plus envie de chanter, notre mère. Je la comprends, à force de se taper le ménage et la bouffe pour une cohorte de machos violents.

Elle n'ose plus rien, la grande. En ce moment, elle aimerait bien sortir et aller demander à Paco de l'emmener voir sa copine. Elle n'arrive pas à se lancer. Une peur bleue de se prendre encore des pains lui tord le ventre et c'est pas une expression en l'air. Ça coince à mort dans la tuyauterie autour de moi !

Paco n'est pas d'accord. Quand Paco dit quelque chose, personne ne moufte. Ni les femmes, ni les hommes. Paco est le chef, même s'il joue de la guitare comme un pied. Pas grave, la guitare. Ça fait partie du folklore. Trafiquer les bagnoles volées fait aussi partie du folklore mais là, au moins, ça nourrit son homme. Ça nourrit même la tribu, pour peu que chacun y mette du sien.

Paco est le cousin de Juan.

Juan n'est plus disponible comme chef de tribu pour un bon moment. Juan fait un stage d'insertion. Pour s'insérer dans l'univers carcéral, il faut avoir un minimum d'expérience. Ça s'appelle la préventive et c'est une bonne approche pour s'habituer à pourrir en taule pour le restant de ses jours.

Comme Paco a un sens aigu de la famille, il a récupéré les trois femmes et les insupportables mouflets qui bromégeaient pour Juan, le jour où Juan s'est fait serrer par les flics en flagrant délit pour trafic de cocaïne.

Comme Paco a un sens aigu du savoir-vivre, il a installé tout ce petit monde dans son campement à Port-de-Bouc, au bord du canal de Caronte. Ça ne les change pas trop de climat. Glacial, humide et insalubre comme sur la plage du Jaï, à seulement quelques kilomètres de là au bord de l'étang de Berre.

Comme Paco a un sens aigu de l'organisation, il a planifié les activités des nouveaux venus à l'identique. Pas de traumatisme, les petites pestes font toujours la manche entre Martigues, Marignane et Istres. Paco ne les a pas encore envoyés travailler sur les communes de Port-de-Bouc et de Fos-sur-Mer. Les femmes s'occupent de l'intendance et des lignes de la main sur les parkings des supermarchés, comme d'habitude.

Comme Paco a un sens aigu du protocole, il n'est pas question que Félix se casse à Marseille pour voir sa copine Fatima alors qu'un type important veut la voir. Parce qu'un type important veut voir Félix, là, aujourd'hui, rapidement ! Paco n'est pas d'accord du tout pour que Félix se tire ailleurs, surtout que le V.I.P. en question est déjà ici. Il attend à l'autre bout du camp. En observant la grosse moustache de Paco qui frétille et ses yeux noirs qui brillent, Félix balise :

— Qui veut me voir ? Dégun sait que je suis ici !

Paco fait un signe définitif à la gamine pour qu'elle ferme sa gueule, qu'elle lui fasse preuve de respect et qu'elle descende de la caravane. Avec beaucoup de précautions, Félix franchit les trois marches bancales pour venir patauger dans une flaque de gadoue. Elle essaie d'imaginer qui peut bien la chercher. Quelques visages lui reviennent à l'esprit : Akim, le frère de Fatima… Elise, son prof de chant transsexuel… Léo, ce gros porc… Geneviève, la femme d'Elise… Sam, le groom obsédé de l'hôtel de Bruxelles... Son épave de mère, son toxico de beau-père... Le beau Ludo... Non, pas Ludo. Il est mort et enterré, le beau Ludo. Qui peut donc l'avoir retrouvée ici ?

Paco lui montre une voiture garée sous le pont tournant, à la sortie ouest du camp. Un klaxon retentit, haut. Agitation ferroviaire sur le pont. Des essieux couinent sur l'ouvrage d'art en poutrelles d'acier qui franchit le canal et surplombe le campement. La vieille micheline rouge et jaune qui rejoint Lavera à Miramas passe au-dessus d'eux dans un vacarme d'enfer. Encore des trains qui passent au-dessus des têtes. Félix repense à la rue d'Aerschot, à Bruxelles. Ici comme en Belgique, les hommes ont dû construire la voie ferrée suffisamment haut pour pas que les voyageurs soient importunés par le spectacle de la misère au ras du sol.

Félix oublie les trains pour se concentrer sur la bagnole qui l'attend juste en dessous. Une Lada ? Rouge ? Qui ? Le break vieillot se découpe en ombre chinoise sur le fond brumeux des raffineries de Port-de-Bouc. Un gus est assis à l'avant, mais le soleil déclinant fait un contre-jour aveuglant. Félix ne voit pas qui peut être ce type qui la cherche. Paco jubile à l'idée qu'un gadjo puisse le débarrasser de cette gourde. Il grimpe dans la caravane. Au passage, le gitan arrache le journal des mains de Rosalie toujours plongée dans la lecture de son horoscope pour l'avant-veille.

— Rends-toi utile, *tio vago !*

Rosalie retourne à ses casseroles. Paco se penche sous une des banquettes et fouille. Il ressort, dégringole les trois marches bancales et jette un sac de voyage usé jusqu'à la garde contenant quelques fringues aux pieds de Félix.

— Tu te casses. Tu ne me sers à rien, *vete a la merda*.

Félix encaisse sans rien répondre. Paco tire la même gueule d'enterrement que lorsqu'il chante des histoires tragiques en hurlant à la mort en espagnol :

— Tu te traînes comme une barrique pleine, tu peux même plus aller faire la manche sans nous revenir malade. *Eres una maledicción !* Bientôt tu vas nous pondre deux bâtards de plus à nourrir alors que tu n'es même pas de la famille. Tu te casses ! *Calla !*

A l'autre bout du camp, l'homme vient de sortir de sa Lada. Il est petit, il est teigneux, il est pas beau et il sent pas bon le sable chaud. Tout compte fait, il ressemble plus à Julien Lepers qu'à Mel Gibson. Comment a-t-il fait pour la retrouver ? S'il la ramène chez le gros Léo, elle va se faire tuer. Léo est allé jusqu'en Belgique pour la dérouiller et il l'a ratée ! Le gros doit être dans un état de rage terrible. Félix se tasse sur elle-même, les yeux plissés par le soleil couchant. Paco a un sourire stupide, le même que lorsque Rosalie fait des claquettes en tortillant du cul pendant qu'il martyrise les cordes de sa guitare :

— Ton amoureux t'attend, Félix ! Tu devrais y aller.

— C'est pas mon amoureux.

— Je sais bien que c'est pas ton amoureux. Il m'a dit qu'il est imprésario international.

Félix ramasse son sac.

— Lui ? Un imprésario ? Ils l'ont même pas voulu comme balayeur dans un dancing pour pédés.

— C'est pour ça qu'ils l'ont engagé comme videur.

Paco mime un pistolet avec sa main. La taille du flingue de Meljibson' l'a épaté.

— Il a de gros arguments, ton amoureux.

— Paco, con de toi ! C'est pas mon amoureux. C'est pas un imprésario. C'est pas un videur. Et c'est pas un cadeau. Adieu.

Une sirène retentit. Agitation industrielle sur le plan d'eau du canal de Caronte. Un cargo monstrueux se pointe sous la passerelle autoroutière monumentale de Martigues. Il doit être énorme, sa cabine de pilotage semble passer limite sous le tablier malgré les soixante mètres de hauteur de l'arche en béton. De l'autre côté, le pont ferroviaire qui surplombe le campement gitan commence une pénible rotation dans un grincement interminable. Dans cet enfer sonore, Félix ramasse son sac, bouscule Paco et part d'un pas décidé mais pas du tout dans la direction de Meljibson'. La gamine contourne un brasero, deux bassines d'eau sale, un landau sans roues qui remue et qui braille, un chien pouilleux qui roupille malgré le froid et un étendage encombré de linge rapiécé. Elle disparaît derrière le rideau de roseaux jaunis qui délimite le camp.

Une ombre dense recouvre progressivement les mobil-homes, les vieilles guimbardes et les caravanes. Un mur d'acier cache le soleil. Paco lève la tête. Il regarde passer le pétrolier géant qui sort de l'étang de Berre pour rejoindre la mer. Puis Paco baisse la tête. Il regarde passer le connard géant qui traverse le campement pour rejoindre la fille. Le jeu de mots le fait sourire, le gadjo aussi : Meljibson' s'est mis à courir. Le petit teigneux beugle comme un veau mais ses cris sont altérés par le vrombissement des machines du tanker qui file sur le canal proche.

— Félix ! Reviens !

Trois hommes de la tribu sortent de leur torpeur pour emboîter le pas à Meljibson' qui ne décolère pas :

— Félix !

Un coup de corne de brume fait vibrer les ferrailles du pont et les vitres des camping-cars. Le pétrolier passe lentement. Le gadjo énervé court en gueulant :

— Félix… putain !

Paco pense « Félix, putain, on y revient ». Ce jeu de mots le fait rigoler aussi mais il hésite à le sortir. Trop vaseux. Meljibson' est trop énervé pour comprendre. Paco se met au milieu de la route de l'imprésario international en écartant des bras :

— Hé ! Arrête de gueuler, *cabrón.* Tu vas ameuter tout le quartier. Déjà que pas grand monde nous aime, ici. Fais plus discret !

Meljibson' s'engatse tout seul :

— Que je fasse plus discret ?

Il exhibe son revolver géant.

— J'ai bien entendu ? Il faut que je fasse discret ?

Meljibson' tire sans viser dans un des pneus de la caravane la plus proche. Le mobil-home de Rosalie prend aussitôt un coup de gîte. La détonation se répercute sous le pont et contre la coque du pétrolier qui s'éloigne. Rosalie s'éjecte en criant et va se réfugier derrière l'étendage, renversant au passage une bassine d'eau sale et le landau sans roues. Meljibson' agrippe Paco par le col de sa chemise à dentelles et le plaque violemment contre la carrosserie du mobil-home. La tôle se tord sous le choc.

— Tu veux que je fasse discret, hein ? C'est ça ?

Le petit teigneux pose le canon brûlant de son revolver sur le front de Paco et arme le chien :

— Je te donne trois minutes pour me ramener cette conne ici. J'attends !

L'effet n'est pas du tout celui attendu. Paco n'a pas l'air terrorisé. Il esquisse même un sourire cynique.

— Et moi, je te donne trois secondes pour me lâcher, *bastardo*.

Meljibson' ne comprend pas pourquoi le gitan est aussi sûr de lui. Il ne comprend pas non plus pourquoi les moustiques attaquent, c'est pas la saison. Rapide coup d'œil sur sa gauche : la pointe d'un immense couteau à cran d'arrêt est posée contre sa carotide.

Trop énervé à menacer le chef de la tribu, il n'a pas fait gaffe au reste de la famille.

Virulente, la famille ; un autre coup d'œil sur la droite lui fait découvrir deux autres gitans et deux autres couteaux aux lames effilées. Un geste de travers et il termine sa vie dans un stupide numéro de fakir loupé. Meljibson' râle pour la forme, lâche Paco et range sagement son flingue. Paco ramasse le journal chiffonné sur le sol de la caravane et le fourre dans les mains du gadjo.

— Si tu veux retrouver Félix, *tia cabrona,* c'est là qu'elle est partie !

Meljibson' ouvre *la Provence* d'un grand geste. Le papier se déchire en lambeaux. Il repère quand même l'article : « Drame à la campagne Kallisté ». Le gitan se penche à son tour sur le journal :

— C'est là qu'elle a dû aller, elle voulait revoir sa copine.

Meljibson' parcourt rapidement l'article autour de la photo d'identité de Fatima.

— Elle voulait revoir sa copine ? Mais c'est stupide. Elle est morte depuis deux jours, sa copine !

*
* *

Rien n'a changé.

Félix n'a plus mis les pieds à Kallisté depuis près de quatre mois et l'endroit lui semble encore plus sinistre. Elle est exténuée. Un V.R.P. bougon l'a prise en stop à

Martigues et l'a abandonnée sur une bretelle de l'autoroute nord, agacé. Elle a terminé le dernier kilomètre à pied.

Félix traverse avec appréhension le centre commercial de plus en plus délabré. C'est le calme plat. Pas de Kader, pas de pitbull, plus de boulangerie. Plus beaucoup de bitume sur le parking non plus. La boutique du marchand de journaux est rouverte mais il n'y a plus de trisomique dans la vitrine pour contempler la cité qui se désagrège. Une pancarte taguée d'un cinglant « enculé » annonce un changement de propriétaire.

La seule activité tangible de cette fin d'après-midi pollue les oreilles et les narines. Un camion-benne est venu récupérer les restes d'os et de barbaque dans les poubelles de la boucherie. Le système de grue du camion est défaillant et la moitié du contenu des cuves du boucher se répand sur la chaussée à chaque bascule.

En face de la pharmacie, une épave de camionnette calcinée obture la vue riante sur l'hôpital nord. On ne distingue plus que les inscriptions « au feu de bois ». Il n'est plus question des trois frangins. Il n'est plus question de pizza à emporter. Le pizzaïolo obèse a dû changer de camion, ou de métier. Félix se dirige avec appréhension vers le hall où Fatima se terrait pour fantasmer sur les garçons. Elle n'arrive pas à se faire à l'idée.

— K'est c' tu branles ıcı ?

Toujours la même voix traînante. Akim est assis sur

le seuil du bazar à tout vendre, la seule boutique où on trouve des boîtes d'allumettes sans allumettes et des briquets sans gaz, mais considérablement moins chers qu'ailleurs. Akim a les yeux rougis, un bleu proéminent sous l'œil gauche et une plaie purulente sous l'œil droit. Il se roule un joint mais en fait tomber la moitié par terre. Il tremble. Félix n'ose pas l'approcher.

— Akim ! Qu'est-ce qui lui est arrivé, à Fatima ?

— C'est des enculés, les flics.

— C'est eux ?

— Ben… qui tu veux ?… Regard' ce qu'ils m'ont fait !

— C'est arrivé comment ?

— Ils sont venus me chercher jusqu'à chez moi… Chez moi, ils sont rentrés… Enculés !

Akim passe la langue sur le papier à cigarette et se largue à le recoller. Ses mains s'agitent. Tout le contenu de son pétard s'éparpille. Le frère de Fatima jure en arabe avant de continuer :

— Ils m'ont embarqué. Deux nuits j'ai passé dans les cav' de ces enculés ! Regard' ce qu'ils m'ont fait.

Akim montre ses joues. Félix insiste :

— Mais… Pour Fatima, Akim ? Qu'est-ce qu'il est arrivé ?

— Heureus'ment, y'avait l'autre enculé qui est arrivé… Les droits d'l'hom'… L'avocat, là… Il leur a fait un cinéma ! Putain, trop trop bon ! La cour européen', la péremption d'innocenc'. Tu connaissais la péremption d'innocenc', toi ?

— Akim !

Akim ne l'entend pas.

— L'avocat avec ses droits d'l'hom', il leur a parlé, on aurait dit Roger Hanin quand il fait l'avocat à la télé. Alors ils ont balisé. Ils m'ont foutu dehors de leur cav', ces enculés. T'as vu ce qu'ils m'ont fait ?

Akim montre ses plaies et ses bosses, très fier. Un combattant tchétchène de retour du front russe. Félix a la nausée.

— Putain, Akim ! Et pour Fatima ?

— Pour Fatima ? Ces enculés, ils ont rien pu prouver. Il a été trop trop fort, l'avocat des droits d'l'hom'.

Félix s'énerve :

— Prouver quoi ?

— Ben... prouver que c'est moi, connasse.

Akim se redresse, époussette les restes de feuilles de tabac éparpillées sur son survêtement Adidas bleu et blanc et part vers la barre F. Félix le rattrape et le tire par la manche, excédée :

— Akim, con de ta race ! Qu'est-ce qui s'est passé pour Fatima ?

Akim crache par terre et foudroie Félix du regard :

— Je l'avais prévenue, ma sœur. Elle avait pas intérêt à regarder les garçons, sinon...

Akim fouille au fond de sa poche de survet' et en sort un papier froissé. Il le déplie et en lit difficilement les premières lignes :

— *Toi, la braise de ma vie, un seul de tes regards m'anéantit...*

Il marque un temps d'arrêt pour afficher une grimace dégoûtée :

— Tu te rends compt', cett' salop'. C'est pas ell' qui a écrit ça, ell' savait presqu' pas écrir'... Ecout' ça : *J'avale tes mots, tes paroles, tes baisers...*

A chaque phrase, Félix s'effondre un peu plus. Elle reconnaît son écriture, elle reconnaît la page du cahier de brouillon sur lequel elle avait écrit les paroles de la chanson d'Alvina Stuart. Akim poursuit son décryptage pénible :

— C'est un gadjo qui lui a écrit ! A ma sœur !... *Le torride vertige de notre nuit magique sur cette plage...* Une nuit torride à la plage !...

Akim fronce les sourcils.

— ... Et ça... *Ta déclaration* d'emballage... *D'ambages...* Qu'est-ce que... Ah non, pas ça. J'y ai rien compris à son histoire d'emballage. Mais attends... Ecout' ça aussi : *Pour toujours, amour glamour, sans détour... Et vivre auprès de toi.* Je l'avais prévenue, Fatima. Ça lui apprendra.

Akim tourne les talons et monte en sautillant les quelques marches qui mènent au centre médical du bâtiment F. Félix éclate en sanglots et hurle :

— Mais tu lui as fait quoi, à Fati' ?

Akim stoppe net et se tourne, triomphant. Du haut des marches, il toise Félix en vainqueur :

— On l'a pendue. Dans la cage d'escalier, pour l'exemple.

Ses yeux brillent de fierté. Akim crache en direction de Félix et s'évanouit dans l'immeuble.

« What a wonderful world ! » Dans ma vie précédente, ce tube m'a obsédé. Je m'en souviens très clairement. Louis Armstrong chantait, ému, qu'il regardait le ciel bleu, l'herbe verte, la mer qui danse le long des golfes clairs, sans doute les golfes clairs de la Californie, et qu'il se disait pour lui-même : quel monde merveilleux.

C'est ce que je me dis, moi aussi : quel monde merveilleux.

Ma mère, en ce moment, pense : quel monde merveilleux. Elle s'est replongée toute seule comme une grande dans ce monde merveilleux qu'elle connaît bien. Elle a voulu en partir, c'était pas beaucoup plus merveilleux ailleurs. Elle est revenue, c'est toujours aussi sordide.

Nous voilà rendus à la case départ. Ma mère connaît bien la case départ. Elle n'en est jamais sortie. Son problème, c'est qu'on ne lui a pas donné de dés pour jouer. Difficile d'avancer dans un jeu sans les dés. Ou alors, ils étaient pipés. Quand on est trop nombreux à vouloir jouer, les chances de gagner s'amenuisent considérablement. Il vaut mieux faire partie de ceux qui fabriquent les dés et qui les distribuent. Ou de ceux qui font les règles du jeu. Hé, Vinaigre ! Tu es content d'être là où on est, en plein courant d'air,

Médiathèque
de Guidel

dans les odeurs d'urine, à glisser sur les poubelles des boucheries des quartiers sinistrés ? Tu es fier de ta décision ? Tu l'as bien boostée, notre mère pour qu'elle revienne là.

— *Maintenant, écoute-moi bien, crapaud ! Dans quelques jours, on sort de ce cloaque douillet. Et ce sera à notre tour de nous démener pour avancer plus loin que ta putain de case départ. Compte sur moi pour faire tout ce qu'il faut. Même si notre mère, elle, veut s'arrêter là, ça ne m'empêchera pas de me battre comme un furieux pour y arriver. Parce que moi, j'y arriverai. Compris, crapaud ?*

Un battant. Mon jumeau est un idéaliste dynamique. Une race en plein déclin. On a une chance folle, ma mère et moi, d'être tombés sur un utopiste de la pensée positive. On aura bien besoin de son énergie pour arriver à survivre dans un univers où des types flinguent leurs sœurs sous prétexte que les filles, ça fait où on leur dit de faire parce que c'est rien que des filles… dans un monde où on expose les femmes dans des vitrines pour appâter le consommateur en quête de viande fraîche… dans un pays où la seule perspective de réussite pour les gamines est de devenir chanteuse de variété, top-model à paillettes ou prostituée de luxe.

— *Tu pourras toujours faire chanteuse de variété, crapaud. Moi, je serai ton producteur. Et je me ferai des couilles en or sur ton dos. C'est ça la vie.*

Tu es donc un garçon, mon jumeau ?

— *Et alors ? Ça t'emmerde, hein, de pas savoir pour toi. Pour moi, je n'ai plus aucun doute. C'est les filles qui doutent, pas les garçons. Nous les garçons, on est plus entreprenant, c'est tout.*

C'est sûr ! Les garçons sont tous des gagneurs nés. Il n'y a qu'à voir Juan, le beau gitan qui moisit en taule, ou Ludo qui doit se momifier dans une morgue belge. Quand on fait le point sur le ramassis de branquignoles que notre mère a croisés depuis qu'on est là-dedans, c'est une vérité première : les garçons sont les meilleurs.

Tiens ! Il est là, lui ? Notre père aussi doit faire partie de l'élite. Qu'est-ce qu'il fout là ?

— Qu'est-ce que tu fais là, Léo ?

Félix a bien mis dix secondes avant de pouvoir le lui demander tellement elle a été surprise par sa présence. Léo Bocognano en personne !

Le gros Léo est planté à l'angle du parking, les poings serrés dans les poches de son long manteau en cuir noir. Son regard sombre ne lâche pas la gamine d'un millimètre, il est au bord de l'implosion. La benne à ordure passe, faisant trembler le sol. Une odeur aigre d'os et de chairs en décomposition envahit tout le site. Félix va morfler, elle en est certaine. Autant en finir le plus vite possible. Elle n'a même pas mis ses mains devant sa figure pour se protéger. Léo tire sa gueule des grands jours :

— Suis-moi. Il faut qu'on cause tous les deux !

*
* *

La Béhème bleu métal est coincée dans les embouteillages habituels du soir, sur l'autoroute du littoral.

Léo n'a quasiment rien dit depuis leur départ de Kallisté. Il n'a regardé Félix qu'une seule fois, après la traversée du village de Saint-Antoine. Le gros a grommelé deux phrases incohérentes sur ces pègues de minots casse-cou qui ne se rendent pas compte des stress qu'ils provoquent, des dangers qu'ils courent, et sur leurs parents inconséquents qui s'en foutent. Il observait des gamins qui s'amusaient à faire de l'escalade sur les hauteurs du Plan d'Aou, inconscients d'être à deux doigts d'une chute mortelle. Comme Léo a parlé moitié en corse, moitié en français, Félix n'a pas bien saisi. Il n'a plus rien dit depuis.

La gamine est sur ses gardes. Depuis qu'elle a grimpé dans la bagnole, elle s'attend à une explosion de violence. Rien ne vient. Léo se racle la gorge et allume la radio. Nostalgie diffuse une chanson de Claude François. « *Ça s'en va et ça revient* ». Léo coupe la radio et jure, en corse. Troublé, il vient de louper la bretelle de sortie. Il regarde le ventre proéminent de Félix et remue la tête, consterné.

— Alors, tu es enceinte de combien de mois, là ?

Félix ne répond pas. Tétanisée.

— Tu as raison, Félix. Ne dis rien, ça casserait l'ambiance.

Léo rallume l'autoradio. Nostalgie diffuse Dalida. « *Bambino, bambino* ». Léo coupe la radio immédiatement, soupire et entame un lent monologue à voix basse :

— *E di che ti vuliu tumbà !* Je voulais te tuer, Félix. Quand tu m'as démoli la gueule après ton tour de chant exceptionnel au Zodiaque, je voulais te tuer. Quand je suis venu te récupérer dans ton gourbi à Kallisté, si j'étais tombé sur toi au lieu de ta mère alcoolique, je t'aurais tuée. Quand j'ai su que tu étais partie en Belgique et qu'on avait une chance de te retrouver, j'avais qu'une seule idée en tête : te tuer.

Une moto les double dans un bruit d'enfer. Léo Bocognano reprend, aussi lentement :

— Après, j'ai appris que tu étais enceinte. Et puis, tous ces Belges m'ont épuisé. *Chi banda di caorni !* J'avais déjà moins envie de te tuer. Même quand on s'est retrouvé coincé dans le studio des productions Styx en flammes à cause de toi, j'avais plus vraiment envie. Pendant tout le voyage du retour, j'ai gambergé. J'ai calculé. J'ai tourné toutes ces idées dans ma tête. Et j'ai commencé à douter. Alors il faut que tu me répondes franco, Félix. Tu en es à combien de mois ?

Félix fixe les feux arrière des véhicules qui lambinent sur la passerelle devant eux. Elle compte sur ses doigts mais n'ose pas parler, trop impressionnée par la présence de Léo. Elle lève simplement ses deux mains devant le visage du gros et affiche le chiffre sept avec ses doigts. Léo compte à son tour sur ses doigts. Il fait une moue dépitée et revient poser son attention sur le bouchon en formation devant lui. Il soupire encore plus fort :

— Il est de moi, le machin ?

Félix se met à trembler nerveusement :

— Il y en a deux, Léo.

Le gros Léo s'abandonne sur le frein. Sa voiture pile. Celle qui suit n'a pas le temps de s'arrêter. Le choc est léger mais bruyant. Léo sort comme un démon et va constater l'absence totale de dégât. Il engueule la petite sœur des pauvres désolée au volant de la 4L derrière lui, juste pour le principe. Léo remonte et repart. Il n'en revient pas :

— Des jumeaux ? Deux jumeaux ?… Et c'est qui, le père ?

Félix respire à fond avant de déclamer d'une voix fluette :

— C'est toi, Léo.

La BMW pile. Encore. Cette fois, le bruit est dantesque. Les deux pare-chocs se retrouvent sur le bitume, au milieu de morceaux de phare arrière de Béhème et de clignotant avant de 4L. Léo ne prend même pas la peine de sortir de sa bagnole. Il repart avec le flot de véhicules, laissant la petite sœur des pauvres se démerder avec les pièces détachées.

Léo reste muet jusqu'à la sortie vers les Docks. Pour la paternité, il s'y attendait un peu. Pour les jumeaux, par contre… La place de la Joliette est saturée. Félix se décoince :

— Je peux te poser une question, Léo ?

— Mmmh ?

— Comment tu m'as retrouvée ?

— Mmmmhh !

La Béhème est bloquée entre deux semi-remorques largués par le plan de circulation surréaliste de l'entrée sur Marseille. La situation est indémerdable, ils sont là pour un bon moment. Léo coupe son moteur :

— C'est Meljibson'. Il t'a vue un jour par hasard. Tu faisais la manche à Martigues, avec un gamin de trois ans collé à tes basques. Il me l'a dit. Je l'ai envoyé te chercher, je voulais savoir.

— Et maintenant que tu sais ? Tu vas faire quoi avec moi ?

— Qu'est-ce que tu veux que je fasse, pauvre gourde ?

Léo Bocognano est vermillon. Félix s'enfonce un peu plus dans son siège, la main prête à ouvrir la portière pour s'enfuir. Si le gros s'emporte, elle ne pourra sans doute pas aller très loin, mais il y a un poste de police à côté. Ça lui évitera de s'en prendre trop dans la gueule. Curieusement, Léo ne s'énerve pas. La situation se débloque devant lui, il remet son moteur en marche et bougonne :

— *So u re di i coni !* Je peux faire quoi avec toi,

maintenant ? Je suis bien obligé de te garder, toi et tes deux machins ! C'est les miens.

Félix en a la chair de poule. Elle frissonne. Elle craque. Elle se met à chialer en riant, comme un vainqueur de la traversée du pôle Nord à la rame à son arrivée à Tahiti. C'était pas la bonne route, pas la bonne méthode, la tentative a complètement foiré, c'était épuisant, le pire est à venir mais l'épreuve est terminée. Elle n'arrive pas à analyser si elle doit se sentir rassurée, angoissée ou libérée. Léo se dégage de l'embouteillage sans un mot de plus. Il n'a pas l'air ravi mais sa décision est prise. Félix essuie ses larmes. Elle ne voyait pas le prince charmant comme ça. Pas du tout. Mais l'instant est d'un intense bonheur.

Léo quitte la rue Roger Salengro, tourne en panique au milieu d'un carrefour complexe et pose sa voiture en double file devant un immeuble vétuste du boulevard Ferdinand de Lesseps. Félix n'imaginait pas non plus le château de prince charmant comme une ancienne copropriété insalubre réaménagée à la hâte en empilement de locaux à louer. L'antre de « Léo Bocognano producteur de variété » est là, au deuxième étage. Retour à l'autre case départ.

— *Alors, crapaud ? Heureuse ?*

Fais le mariole, mon jumeau. Vas-y, régale-toi !

— *C'est la fin du calvaire, crapaud. On a trouvé un père. Et en plus, c'est le vrai.*

C'est le vrai mais c'est pas Rothschild. L'environnement n'est pas luxueux. Elle est pas à l'aise, notre mère. L'endroit lui rappelle des moments épouvantables.

— *Attends de voir ce qui va se passer après, crapaud !*

Après ? Je ne vois pas nos lendemains aussi roses que mon jumeau. Qu'est-ce qu'elle a comme avenir, la grande ? Collée à un branquignole de plus, une brute qui a commencé par l'exploiter, qui l'a violée et qui a voulu la tuer. Tu nous vois dans un an, installés dans un landau blindé convoyé par des gardes du corps corses, ou à faire piliers de dancing le soir, planqués derrière les baffles après une journée chez la nourrice ?

— *Mauvais esprit ! Crapaud. Il faut laisser les événements se tasser. Tu vas voir. Pour elle, ça va être le paradis !*

9

— *Wouooo... Et moi, wouaaah, je franchirai yéééé... Les rivages. Pour toi wouaaah, les chevaux parcourent les nuages...*

— C'est bon, Félix ! t'acharne pas à chanter, c'est plus la peine. Maintenant ton Léo est là pour s'occuper de tout. Hein bibiche ?

— Mais... Léo ? Je... *Yeah, j'avale tes mots, tes paroles, tes baisers, je...*

— Laisse tomber ces conneries, Félix ! « *Canti come una oca !* »

AVRIL

Le paradis ressemble beaucoup à ce que j'imaginais. Un univers morne et sans intérêt. Notre père est méditerranéen, j'en ai la preuve absolue. Notre mère est condamnée à l'inactivité et à l'isolement. Le vide total.

— *Ça fait du bien, un peu de calme, crapaud ! Prends des forces, bientôt on sort.*

Sortir un peu lui ferait du bien, à elle aussi.

Léo l'a collée chez sa mère, avec sa mère. Mémé ! La vieille est une Corse authentique. Je suis persuadé qu'en bonne maîtresse de maison, elle doit rester debout derrière son fils quand il bouffe à table. Je suis sûr que la vieille tire une gueule de six pieds de long à la gamine parce qu'elle ose manger en même temps que lui, avec lui. La vieille parle en corse, quand elle parle. Notre mère ne comprend absolument rien au corse. La vieille passe son temps à écouter des groupes de hurleurs qui éructent des harmonies douteuses. Des sons, des odeurs... Les émanations de désinfectants, de Javel, de cuisine mitonnée, de transpiration aigre et d'eau de Cologne bon marché se mélangent allégrement. Ça donne pas envie de voir à quoi ressemble le quotidien chez mémé.

Quelques fois, le gros Léo emmène notre mère faire un tour pour lui laisser prendre l'air. Généralement, ils vont à son local pour qu'elle fasse le ménage. En ce moment, on doit être dans le bureau. La grande a toujours une appréhension terrible quand elle rentre dans cette pièce. Chaque fois, elle se revoit écartelée au milieu des contrats en vrac, les quatre fers en l'air, coincée sous le poids du gros qui lui ânonne des insanités. Aujourd'hui, il est sympa. Il ne lui a pas collé le balai dans les mains dès qu'elle a franchi le seuil. Il l'a laissée s'asseoir. Elle est épuisée, on doit pas être très loin du terme.

— *Je vais bientôt voir la tête que tu as, crapaud !*

Tu vas surtout bientôt en voir de toutes les couleurs.

Un enfer !

L'accouchement est un enfer, la pression est insupportable. On n'a pas de mouron à se faire, on va se prendre dans la gueule un maximum d'hormones qui nous feront oublier la souffrance et l'angoisse de cet étranglement interminable. On va tout oublier d'un coup. Cette gestation léthargique, ces mois d'attente, immobiles et impuissants dans cet univers rougeoyant et glauque..

Les émotions, les voix, les événements vécus de l'intérieur seront enfouis très loin dans notre subconscient. Les souvenirs de nos vies antérieures seront planqués au-delà encore.

Après cet enfer, plus rien. On sera deux larves à qui il faudra tout réapprendre. Un régal. Une vie de plus à s'acharner sur des problèmes insolubles, sur des règles stupides et sur des théorèmes brumeux. Un autre enfer, pavé de sages résolutions et d'intentions louables. En attendant, le paradis est pavé d'indices suspects.

— A quelle cagole appartient cette boucle d'oreille ?

Félix exhibe le bijou tape-à-l'œil d'un geste dégoûté. Elle tient le morceau de pacotille clinquante du bout des doigts, comme une capote usagée. Le gros Léo regarde l'objet, le prend dans sa main, le scrute de plus près et récupère un long cheveu blond coincé dans le ressort du fermoir. Il a un sourire béat.

— C'est à Lorella.

Léo jette la boucle d'oreille dans la corbeille à papier et continue de ranger les contrats et les C.D. éparpillés dans la pièce. Félix ne dit rien, elle encaisse.

Elle a essayé de rouspéter la première fois, le jour où elle a retrouvé un tube de rouge à lèvres oublié dans les latrines du local. Ses protestations de fidèle compagne outragée n'ont servi à rien. Léo ne l'a pas cognée, à cause de son état. Il s'est même justifié. Elle a eu droit au couplet habituel sur ses performances sexuelles lamentables, puis à un intéressant discours sur l'économie de marché dans le domaine des variétés internationales. Léo considérait Lorella, la propriétaire du rouge à lèvres, comme un « produit prometteur pour l'expansion de son entreprise ». Félix lui a rétorqué que c'était pas une raison pour niquer avec tous les produits voués à un succès prometteur. La conclusion de Léo Bocognano, producteur de variétés internationales, a été très claire : « *Mi fasciu caca, pauvra cona !* ». « Tu me fais chier... » en corse, et dit d'un ton autoritaire, il n'y avait aucune alternative. Depuis, Félix encaisse. Régulièrement.

Félix subit aussi les réflexions acerbes du valet servile.

Meljibson' est toujours là, à graviter à une portée de laisse de son maître. Le petit teigneux vient à l'instant de rentrer dans la pièce, surexcité, un disque compact fraîchement gravé dans la main.

— J'ai la maquette ! J'ai la maquette !

Il place l'enregistrement dans un lecteur portable poussiéreux et pousse le volume de la sono à fond. Un beat à rendre jaloux un charpentier de marine envahit l'espace. Si les colocataires tentaient une sieste réparatrice, c'est fini pour aujourd'hui. Une souris grise qui se hasardait à la récupération d'un bout de gras de jambon abandonné sous un carton de cassettes vierges détale, paniquée. Le son est catastrophique. Les haut-parleurs de la sono récupérée dans une boîte de nuit juste avant un redressement judiciaire ont rendu l'âme depuis longtemps. Une voix mièvre et mal assurée surnage sur une nappe de sons synthétiques démodés :

« *Quand tu me souris, mon cœur retrouveuuuh son apétiiiit ! Yeah !*

Quand tu es pas loin, mon cœur s'emballeuuuh comme si c'était di woouiii vin ! »

Léo est obligé de hurler par-dessus le vacarme en do mineur pour sermonner ses impressions :

— Alors ? C'est balèze, non ? « Lorella Ardy », la révélation de l'été !

Félix ne dit rien, prostrée dans son fauteuil. Le vieux lecteur de C.D. perd sa synchro et saute. Le morceau s'emballe puis revient à un tempo plus raisonnable. La voix de chèvre déboule à nouveau après un riff catastrophique de guitare saturée :

Quand tu me téléphoneeuuh, mon cœur résoooneuuuh comme si c'était di woouiii vin ! »

Léo persiste :

— Ça te plaît, Félix ? C'est Lorella qui chante !

Félix essaie de crier plus fort que la musique :

— Ça me plaît pas du tout. Même si c'est Lorella qui chante. Peut-être qu'elle baise bien, Lorella. Mais elle chante comme un vié.

Contrarié, Léo arrête le lecteur de C.D. La souris grise profite de cet instant de calme pour récupérer son morceau de jambon et disparaît derrière une plinthe. Le gros reprend sa tête des jours d'orage :

— Tu es jalouse, pouffiasse ?

Félix tente de s'extirper du fauteuil dans lequel elle est avachie. Manœuvre périlleuse.

— Je suis pas jalouse, je m'en cague de Lorella Ardy. Mais j'ai rien compris aux paroles ! Pourquoi elle veut du vin ?

— C'est « divin », pas « du vin ».

Un coup de klaxon furibard arrête net les explications du Corse. Meljibson' regarde à travers un carreau sale et ricane :

— C'est ta Béhème qui gêne, Léo.

Juste en dessous, un retraité belliqueux est posté à côté de sa vieille Peugeot. Le vieux arbore une casquette de bouliste et une grimace qui en dit long sur son agacement. Il s'est abandonné sur son avertisseur, cherchant autour de lui des passants à prendre à témoin. Raté. A part un grand type en costume chic et lunettes noires qui s'éloigne d'un pas mal assuré, pas un seul témoin qui passe. Le propriétaire de la voiture bloquée a fini de réveiller les derniers voisins qui persistaient à vouloir faire la sieste. Meljibson' s'écarte de la fenêtre :

— Tu t'es garé en vrac. Donne-moi les clefs…

Un porte-clefs bleu à damier traverse la pièce. Meljibson' récupère le trousseau au vol et descend les deux étages en courant, trop content de pouvoir conduire la Béhème du patron.

Félix s'approche de la fenêtre, rêveuse.

Des gamins s'amusent à viser une plaque de rue à l'angle du boulevard avec leur ballon de foot dégonflé. Chaque tir enlève un peu plus de crépi sur la façade. Félix affiche l'habituel sourire compassé de toutes les mères du monde devant le spectacle de l'enfance. La plaque finit par tomber dans le caniveau. Qui pouvait bien être ce Ferdinand de Lesseps ? C'est peut-être l'inventeur de cette passerelle en toboggan qui passe au niveau du troisième étage, au-dessus de sa tête. C'est peut-être lui qui a eu l'idée de faire circuler les véhicules en hauteur, dans les quartiers misérables. Félix en a vu partout depuis qu'elle a quitté sa cité. Ou alors c'est Cazemajou qui a eu cette idée, un autre inconnu qui a eu droit lui aussi à son nom sur la place d'en face. A moins que ce soit Bougainville…

Le boulevard de Lesseps, les places Cazemajou, Bougainville… drôles de noms. Jusqu'à pas si longtemps, Félix était persuadée que Cazemajou était une espèce de cacahouète et Bougainville une sorte de plante. Léo lui a fait comprendre que c'étaient des mecs célèbres. Il ne lui en a pas dit plus, il ne savait pas non plus pourquoi ces types étaient connus.

Quel quartier sinistre. Coincé entre la passerelle, un dépôt de bus, une avenue d'entrepôts délaissés et des chaudronneries recyclées en rien, ce dernier carré de ruelles grises a échappé à tous les programmes de réhabilitation. Partout ces murs de béton fissuré agrémentés de briquettes rouges, ces façades en pierres taillées noircies par les vapeurs de gasoil, ces restes salis de l'activité florissante sans lendemains du siècle passé. Partout des fenêtres murées avec suffisamment de parpaings pour construire autant de hangars. Partout du linge qui sèche sur les façades, à se demander pour qui, tellement ces lieux sont abandonnés.

Félix ouvre grand la fenêtre et se penche pour respirer autre chose que l'odeur insupportable de tabac froid et les relents d'égouts du local. Elle regarde les platanes malades de la rue du Marché, des arbres mal élagués qui regrettent amèrement les années cinquante. Elle observe trois vieux adossés au rideau tiré du Comptoir du Dépôt, des ouvriers en fin de vie qui regrettent amèrement les années soixante et la fermeture exceptionnelle de leur bar habituel. Eux aussi portent haut sur le front ces casquettes typiques des joueurs de pétanque marseillais. Comme le papy énervé qui vient à l'instant d'arrêter de klaxonner pour s'engueuler avec Meljibson'.

Un clodo, la main bandée, les cheveux en bataille et le costume raidi par la crasse passe en rasant les murs, la tête basse. Un jeune vieillard de plus ! Les minots dépenaillés crient. Ils ont perché leur vestige de ballon sur le toit d'un semi-remorque garé là. Opportunistes, ils abandonnent le foot pour jouer au freesbee avec Ferdinand de Lesseps. Eux ne regrettent rien. Pas encore. Sous la fenêtre, les bagnoles rapiécées sont stationnées dans tous les sens. A hauteur d'œil, la circulation sur la passerelle qui monte au-dessus des quais est incessante, à croire que les automobilistes font tous le détour par cette voie rapide pour profiter du plus beau travelling panoramique sur Marseille.

Kallisté était sinistre, mais Félix s'était fait une raison. Ici, c'est pas une cité, c'est pas un village, c'est pas la ville, c'est pas une zone d'entreprise, c'est pas un bidonville, c'est rien. Les quatre rues alentour ont échappé par miracle aux plans de restructuration urbains successifs mais pas à la faillite de leurs propriétaires.

Et il gèle, le mistral est reparti pour trois jours. En bas, Meljibson' vient d'agonir d'injures le retraité bloqué par la bagnole de Léo, argumentant qu'on n'a pas idée d'avoir une bagnole aussi banale qu'une Peugeot, qu'on n'a pas idée de se garer dans les emplacements prévus à cet effet, qu'on n'a pas idée d'avoir un klaxon aussi minable et qu'on n'a pas idée d'être vieux. Content de sa tirade assassine, le petit teigneux se glisse derrière le volant, faisant cliqueter ses deux gourmettes pour que les passants voient bien qu'il a les clefs d'une BMW. Mais il n'y a toujours aucun passant et les trois ouvriers à casquette viennent de s'évaporer. Félix marmonne :

— C'est quoi, son vrai nom, à Meljibson' ?

Léo gamberge quelques secondes. Il remet en branle son agenda à neurones actifs :

— Heu… Raidefort. C'est un vieux nom français. Et son prénom, c'est Robert. Mais ça lui plaît pas qu'on l'appelle Robert. Il préfère Meljibson'.

L'astuce ne fait pas sourire Félix, elle ne connaît pas Robert Redford. Ça ne perturbe pas non plus le gros Léo. Il voit très bien qui est Robert Redford mais n'a jamais fait le rapprochement. Il n'aura plus à le faire, Meljibson' vient de se volatiliser avec sa bagnole.

Les vitres de l'immeuble partent en miettes et dégringolent sur le trottoir. L'explosion a retourné sur le toit deux voitures garées à proximité de la BMW et arraché la porte arrière du semi-remorque. Une boule de feu monte jusqu'à la passerelle où deux automobilistes surpris se télescopent grave. Leurs enjoliveurs jouent aux soucoupes volantes pour venir s'échouer sur le bitume du boulevard, vingt mètres en dessous. Il ne reste plus grand-chose de la Béhème déjà bien usée de Léo, il ne reste plus rien de Robert Raidefort. La flamme géante lèche les branches biscornues des platanes. Des bouts de tôle incandescents retombent un peu partout dans le quartier. Les gamins partent en cavalant, contents. Le souffle de la déflagration leur a rendu leur ballon dégonflé. Le retraité énervé qui voulait partir ne pourra plus. Son tableau de bord l'a décapité. Seule sa casquette de bouliste a survécu, elle pendouille accrochée à la branche d'un arbre.

Félix est tombée à la renverse, détruisant irrémédiablement le vieux lecteur de compact-disc et la sono de récupération. La fenêtre est sortie de ses gonds et du verre pilé recouvre le sol en tomettes rouges. Léo se remet debout, les yeux exorbités. Il se précipite sur un tiroir de son bureau pour y prendre son Sig Sauer. Bien entendu, le tiroir est fermé à clef. Il retourne les poches de son manteau de cuir et y retrouve son Colt 38 spécial. C'est déjà ça. Son petit revolver à la main, il part comme un cinglé et dévale la cage d'escalier quatre à quatre. Le gros arrive sur le palier du premier étage, s'arrête net et jure. En corse. Ça doit être grave là aussi. Une deuxième déflagration, beaucoup moins puissante que l'explosion de la voiture mais aussi terrifiante vient confirmer les craintes de Félix.

La gamine s'était remise d'aplomb péniblement, elle se plaque contre le premier mur à portée de ventre. Le coup de feu se répercute dans tout l'immeuble, un râle suit. Félix tend le cou, collée contre la porte palière, le plus discrètement possible. Des voix connues lui parviennent mais elle a du mal à remettre un visage dessus. Un type parle avec un accent belge très prononcé, l'autre avec un accent des pays de l'Est. Félix s'avance sur le palier et découvre Léo un étage en dessous, adossé au mur, livide, affalé sur une des marches, la jambe sanguinolente. Le Belge est près de lui, un .357 à la main. L'autre, l'Albanais, se tient à l'écart. Il jubile

Il y a deux minutes, Félix n'a pas reconnu ce jeune vieillard lorsqu'il est passé sur le trottoir. C'était pourtant bien Sam, le portier du Mayfair. Il a pris vingt ans depuis leur dernière rencontre. Mal rasé, les fringues déchirées, les yeux cernés, ses lunettes à grosse monture fendues, il tient le revolver de la main gauche, maladroitement. Sa main droite est bandée, inerte le long de son corps amaigri. Il tremble des pieds à la tête. Félix n'avait pas capté non plus que le boiteux à lunettes noires et en costard pour les mariages était Omer Kurja. La mèche argentée lui barre toujours le front. C'est bien le manager des productions Styx qui se tient raide comme un piquet dans l'escalier, un sourire rayonnant en travers de la gueule. Il parle fort, sermonnant le portier vacillant :

— Alors, Sam ! Qu'est-ce que vous attendez ? Il est temps de prendre votre revanche. Deux mois que vous attendez ce moment. C'est bien cette ordure qui vous a démoli la main ?

Sam grelotte. Il est fiévreux, transpirant. Il baragouine deux mots en flamand avant de répondre en hésitant :

— Non ! C'était l'autre, celui qui a explosé avec la voiture.

Omer Kurja se penche vers le gros Léo.

— Désolé ! Nous étions persuadés que vous conduiriez vous-même votre berline. Nous pensions bien faire la peau à votre complice par la suite. Le sort a décidé du contrair..

La minuterie claque, l'escalier est plongé dans l'obscurité. Omer Kurja appuie sur le bouton lumineux et poursuit :

— … Nous avons assez perdu de temps. Vous avez considérablement réduit mon chiffre d'affaires, avec votre incendie stupide. On a dû mettre au chômage les techniciens, reconstruire les studios, re…

La minuterie claque à nouveau. L'Albanais râle et cogne sur l'interrupteur. L'ampoule jaunâtre se rallume en grésillant. Sa voix emplit la cage d'escalier :

— … Ahhh, merde à la fin, les maisons de production françaises ! Vos locaux sont vraiment minables. Vous, les Méridionaux, vous avez vraiment des leçons de marketing à prendre. Monsieur Bocognano, savez-vous qu'avec votre comportement de pyromane, j'ai failli y rester ?

Léo relève la tête pour dévisager l'Albanais et lui crache à la gueule :

— Putain, Omer ! Tu aurais cramé avec ton souk de luxe, ça aurait été l'idéal. *Un la credu mica !* J'ai vraiment tout raté en Belgique.

Omer Kurja perd son sourire triomphant, avance en boitillant et gifle Léo dont la tête va rebondir contre le papier peint triste de la cage d'escalier. Dehors, le concert de sirènes des véhicules de secours vient de commencer. Ça crie, ça hurle et ça s'agite sur tous les trottoirs du quartier. Les secours ne vont pas tarder à envahir l'immeuble. L'Albanais fait un signe impatient à Sam pour qu'il achève le gros. Sam ne réagit pas, secoué par un spasme nerveux. Omer Kurja agrippe la main armée de Sam et dirige le canon vers le Corse. L'Albanais replace l'index hésitant du portier sur la gâchette.

— Allons, Sam ! Un simple geste…

Sam a fermé ses yeux, effondré. Il n'y arrive pas. Il fait un « non » désordonné en remuant la tête. Des gouttes de sueur perlent de son front. Il est décomposé.

— Mon cher Sam, vous n'allez pas vous dégonfler au dernier moment ! Ce type a tout de même détruit votre vie. Putain de lumière !…

L'Albanais rappuie sur la minuterie, la lumière vacillante revient.

— … Et puis, vous avez des dettes envers moi, Sam. Il faut finir de les régler. Si vous ne m'aviez pas amené cette jeune gourde au studio, nous ne serions pas là, vous et moi, dans ce pays sous-développé à…

L'ampoule s'éteint à nouveau. Omer Kurja s'emporte :

— Mais c'est insupportable, cette vétusté… Léo Bocognano, producteur ? Producteur de quoi ? Où est la jeune conne enceinte ?

Le canon braqué vers son front fait loucher le gros Léo qui marmonne :

— *Figliulo di putana !* Elle est pas là, la gamine. Foutez-lui la paix.

Dehors, les secours s'organisent. Un des pompiers déjà sur place appuie sur toutes les sonnettes de l'immeuble. Aucune réaction, l'immeuble doit être vide. Omer Kurja change d'attitude, son regard devient glacial. Cette confrontation ne l'amuse plus. Il prend le .357 des mains moites et tremblotantes de Sam, l'appuie entre les deux yeux du Corse et tire. Léo Bocognano reste rivé à la cloison, la moitié supérieure du visage propulsée à l'intérieur de l'appartement du premier étage avec quelques morceaux de briques et de plâtre. Sam éclate en sanglots. Omer Kurja jette le .357 dans la cage d'escalier, ramasse le petit .38 de Léo et rassure le portier :

— Ne soyez pas triste, Sam. Ça n'a aucune importance, je crois savoir où retrouver cette garce. Vous aviez bien relevé l'immatriculation de la Mercedes conduite par ce jeune excité, devant votre hôtel à Bruxelles ?

Sans un mot, le portier décomposé sort d'une poche un post-it chiffonné.

— Merci beaucoup, Sam. Je n'aurai même pas besoin de vous.

Omer Kurja pose le Colt sur l'estomac du portier et tire. Sam s'effondre d'un bloc, sans gémir. L'Albanais jette l'arme fumante à proximité du cadavre de Léo et s'éclipse en boitant, alors que la porte de l'immeuble s'ouvre sur une cohorte de sauveteurs affairés. Félix entend juste les derniers mots d'Omer Kurja avant qu'il ne disparaisse dans la cohue de la rue en état de guerre :

— Vous arrivez à pic, messieurs. Vous devriez aller voir au premier étage, c'est une tragédie.

*
* *

Finalement, on a pris le bus.

Elle a eu une trouille bleue, une angoisse de la fin du monde. Elle a couru. Comme elle a pu, parce qu'avec le poids qu'elle a sur l'estomac, c'est pas facile. Elle a traversé difficilement une foule bruyante et paniquée, puis s'est mise à marcher de plus en plus vite. On s'est éloigné du concert des sirènes et de la pagaille ambiante. Quelques rues plus loin, on a pris le bus.

Je reconnais les bus à tous les coups. Et les bus marseillais à tous les coups de frein. Encore un chauffeur en fin de service dans un bus surchargé, toujours des vieillards qui schlinguent, des ménagères qui jacassent et des minots qui provoquent.

Même gravement enceinte, elle s'est faite chasper. Un type vient de lui mettre une main au cul. J'ai une fois de plus reçu l'influx nerveux de sa réaction écœurée direct dans la trogne, mais les sentiments étaient plus complexes. Elle a du mal à admettre de se faire chasper par un contrôleur zélé. Si ça n'avait tenu qu'à moi, elle n'aurait pas pris de ticket en grimpant dans le bus. Vinaigre l'a persuadée du contraire. Il est très persuasif, mon jumeau.

- *Et je t'emmerde. Si elle n'avait pas pris de ticket, on serait déjà dans une mouise noire, crétin. Quand tu as pas de ticket, on t'embarque au trou et on te pose des questions sur ta vie. Après tout ce qu'elle vient de subir, c'est pas le moment.*

Et pourtant ! Oui, c'est le moment ou jamais. Dans très peu de temps, il sera trop tard pour tenter quoi que ce soit. Mon jumeau et moi avons subi la première grosse contraction utérine juste après l'explosion, tout à l'heure. Vinaigre était terrorisé à l'idée que l'accouchement avait peut-être démarré. Je l'ai rassuré, on n'a pas fini de subir les contractions qui prennent la tête des fœtus et leur filent la nausée. Ce ne sont que les prémices. J'ai également un souvenir très précis sur cette période-là de mes gestations antérieures. Un cauchemar de plus...

— *Et tu la vois, dans son état, embarquée par les flics ?*

Non, pas arrêtée par les flics ! Je la vois bien partir en cavalant et se faire renverser par un camion, ou partir en cavalant et faire un arrêt cardiaque, ou partir en cavalant et tomber du bus en marche...

— *Ta gueule ! Mais ta gueule, taré ! C'est odieux, tu es un monstre !*

Je ne crois pas, Vinaigre. Je suis persuadé du contraire, je suis simplement lucide. On en reparlera dans quelques années, quand on se retrouvera tous les deux à dormir sur le palier du studio parce qu'elle sera obligée de se prostituer la nuit pour survivre le jour, ou quand on squattera les files d'attente de l'assistance publique au rayon « graine de taulard ».

— *Imbécile ! Tu ferais mieux de gaspiller ton énergie pour l'aider…*

Quoi que je fasse, c'est toi qui as le pouvoir, Vinaigre. Alors aide-la, fais comme tu crois. Je vais tranquillement attendre la fin de ce calvaire et le début du suivant. On se reparlera dehors, plus tard. Bon courage.

Rideau !

*
* *

C'est pas à cause du soir qui tombe, ni du vent qui souffle. C'est pas à cause de la couleur des volets. Des volets violets, pourquoi pas, même sur une façade crépie en rouge. C'est peut-être à cause du silence.

Félix gardait un souvenir bruyant de cette maison. La gamine est plantée devant le portail depuis cinq minutes sans oser sonner. Pas un son ne s'échappe derrière les volets clos. Pourtant, la Twingo vert anis est garée sur le gravier du jardin. Pourtant, la boîte aux lettres est vide. Pourtant, une faible lumière filtre à travers les persiennes.

En empruntant la traverse déserte, elle pensait percevoir quelques vocalises ou quelques notes de piano. Félix avait encore dans l'oreille les gammes compliquées jouées par Elise pendant ses cours pour qu'elle apprenne à placer sa voix. Elle s'attendait à entendre un de ces putains de morceaux classiques où on comprend que dalle aux paroles, une mélodie insupportable avec des notes tellement aiguës qu'elles font mal aux tympans de celle qui écoute et aux cordes vocales de celle qui chante.

Rien. Cette traviole est morbide, et la villa ressemble à un tombeau. Félix se décide à appuyer sur l'interphone. Un grésillement lui répond, avec parasites mais sans paroles. La gamine respire un grand coup et se lance :

— C'est moi ! C'est Félix.

Le grésillement stoppe net. Le silence revient. Une balancelle rouillée sans coussins pleure de tous ses ressorts. Deux cyprès frissonnent et secouent leurs cimes pelées. Le mistral s'engouffre sous la bâche de la piscine à moitié vide qui clapote, les sangles élastiques se tendent dans un étrange crissement. Une bourrasque relève le col de la parka contre la joue de Félix. C'est manifeste, elle n'est pas la bienvenue.

Elle reste plantée collée au portail quelques secondes de plus, hausse les épaules et tourne les talons. Un cliquetis électrique suivi d'un grincement la stoppe dans son élan. Un battant vient de s'ouvrir avec le vent. L'accueil n'est pas très chaleureux mais l'invitation est claire. Félix revient sur ses pas, traverse le petit jardin avec appréhension et grimpe les trois marches qui mènent dans le vestibule de la maison.

Plus de tapis, rien qu'un carrelage froid. Ni dans l'entrée, ni dans la chambre de Geneviève dont la porte est ouverte sur une salle vide. Les meubles sont tous recouverts de grands draps blancs qui réfléchissent le peu de lumière dispensée par un halogène allumé à l'autre bout du rez-de-chaussée. Comme une luciole hypnotisée par une lampe torche, Félix traverse le hall et se dirige droit vers le salon. Les chaises, la grande table, la commode Louis XV… même le piano quart de queue a son linceul. Au milieu de la pièce, une forme massive est avachie dans le fauteuil club. Félix n'ose pas passer le seuil pour pénétrer dans l'antre d'Elise. Une tanière de bête sauvage, c'est la première idée qui lui vient à l'esprit, sans doute à cause de l'odeur. Elise a pris au moins quinze kilos. Elle est bouffie. La contralto ne s'est plus rasée depuis au moins deux semaines et une barbe rare ombre ses joues.

— Tu vois ce que tu as fait, Félix !

La gamine n'en revient pas. Elle ne comprend pas la remarque acide de son ancien prof de chant. Félix ne proteste pas, trop perturbée par le spectacle de la déchéance étalée là devant. Elise est drapée dans une nuisette transparente rose trop étroite qui a craqué jusqu'à l'entrejambe. Des poils raides et noirs hérissent ses mollets de rugbyman. Un halo de lumière rasant laisse découvrir quelques centimètres de cheveux bruns à la racine de ses mèches cendrées. Ses seins mal siliconés ressemblent à deux bouées pendouillantes le long de la coque d'un voilier. Il est en très mauvais état, le voilier. Il fait de l'eau de tous bords et il s'est échoué sur des rochers aiguisés. A la prochaine marée, il coule. Félix fait un pas vers le Pleyel, mal à l'aise :

— Geneviève ?

— Elle est partie, Geneviève. Terminé, Geneviève ! Elle ne reviendra plus jamais.

Elise la contralto a retrouvé la voix de baryton d'Elie l'expert comptable. Félix est impressionnée :

— Je capte rien, Elise…

— C'est bien là, le problème, pauvre gourde. Tu n'y comprends jamais rien. C'est toi qui as ramené ce cancer ici.

Elise se déplie, se déploie et se déplace vers la table de bar roulante encombrée de bouteilles bien entamées, seul élément encore praticable dans le décor drapé.

— Ludovic ! Le beau Ludovic ! Le jour où le regard de Geneviève a croisé celui de Ludovic, j'ai compris que c'était fini. Ludovic représentait tout ce que je n'étais pas. La jeunesse, la force, la virilité… Le charme, la beauté… Ludovic ! Enfin un vrai baiseur dans son lit !…

Elise vide les dernières gouttes d'une bouteille de vodka dans un verre sale. Cul sec. Le prof de chant se met à ricaner :

— … Un homme, Ludovic ! Pas une tapette comme moi, pas un pédé précieux qui ne pense qu'à Monteverdi au lieu de monter madame !

Elise éclate de rire, trop contente de ce jeu de mots rabâché cent fois dans sa tête mais incompréhensible pour Félix. Elle tourne son verre pour constater qu'il est définitivement vide et le lance vers une des fenêtres à petits carreaux. La dernière vitre intacte vole en éclats.

— Ton Ludovic lui a bouffé la tête. Les trois premières semaines sans aucune nouvelle de vous deux ont été un calvaire. Elle ne me parlait que de ce petit con. Sans arrêt. Puis, il y a eu l'humiliation. Il y a eu les flics, ici, chez elle. Il y a eu cet interrogatoire surréaliste où personne n'était dupe, les explications vaseuses de Geneviève sur sa Mercedes volée mais pas encore déclarée volée, les clins d'œil entendus entre les inspecteurs, les photos anthropométriques du cadavre de Ludovic, le fax d'Interpol avec les caractéristiques de la bagnole. Il y a eu le coup de fil psychodramatique de onze heures, le soir même, à son ami d'enfance le préfet de police. Tout s'est très vite réglé. Lavée de tous soupçons. Elle connaissait du beau monde, Geneviève !

— Elle est devenue quoi, Geneviève ?

— Je n'en sais rien, Félix. Je n'en sais strictement rien.

Elise traverse la pièce d'un pas lourd. Elle pue le Chanel n°5 utilisé comme déodorant. Félix s'efface pour laisser passer cette forme massive en décomposition et traverse le couloir pour la suivre jusqu'à la chambre vide de Geneviève. Elise montre la place du lit :

— Geneviève a bien essayé d'autres gigolos. Aucun n'est arrivé à lui faire oublier Ludovic. Un jour, elle a même eu l'idée saugrenue de s'en payer trois à la fois. Pas beaucoup mieux… Et puis, il y a eu ce jour de février où elle passait à Martigues et où elle t'a vue.

— Moi ?

— Et oui, toi ! Bien sûr, toi ! En cloque jusqu'aux yeux, en train de mendier sous une porte cochère. Toi ! La fiancée de son amant, et enceinte…

— Mais c'est pas…

— C'est pas quoi, Félix ? Tu représentais tout ce qu'elle n'avait pas pu avoir ! Imagine… Un gamin. Tu portais un gamin de l'homme de sa vie alors que moi, j'ai jamais été foutu même de bander pour elle !

Félix se tord de douleur, une nouvelle contraction vient de se déclencher. Elle grimace mais tient bon. La gamine se redresse et essaie de se justifier :

— Elise ! C'est pas Ludovic le père.

Elise marche jusqu'au milieu de la chambre vide. Ses pas résonnent, sa voix aussi :

— Bien ! Et alors ? Quelle importance ?…

La prof de chant fait face à son élève. Le peu de lumière qui entre dans la pièce révèle deux traînées lugubres de rimmel sous ses yeux.

— … Geneviève est partie. Tu as détruit ma vie, Félix

Félix est ressortie abasourdie de la villa. Le vent l'a surprise, la nuit était tombée. Elle s'est mise à grelotter.

Du haut des trois marches du perron, elle a observé la traviole obscure, une bande de bitume lézardé entre deux murs de pierres comme beaucoup de travioles dans les quartiers excentrés de Marseille. Elle s'est dit que jusqu'au bout de cette traviole elle savait où aller, bien encadrée par les deux murs. Et après ? Le boulevard ? Les quartiers sud ? La rocade ? La ville ou la colline ? Un bus ? A pied ? Vers Kallisté ? Non, pas Kallisté. Félix a réalisé qu'elle était seule au monde. Après un bref moment d'angoisse, elle a caressé son ventre en souriant. Pas si seule que ça ! Une bouffée d'optimisme lui avait traversé les neurones et elle ne comprenait pas pourquoi. Elle a marmonné pour elle-même : « Vas-y, la grande, défends-toi ! ». Elle a descendu les deux premières marches et s'est effondrée sur la dernière, pliée par une contraction douloureuse. Elle a dû crier, Elise est sortie quelques secondes plus tard.

— Tu es un boucan, Félix. Non seulement tu as foutu ma vie en l'air, mais en plus tu viens me casser les couilles jusqu'ici ?

Félix, avachie à la hauteur du sexe de son prof de chant, a été surprise par l'expression imagée et en décalage complet. Elise est rentrée en catastrophe pour récupérer un manteau en toile cirée façon léopard, les clefs de sa Twingo, puis a aidé Félix à se redresser :

— Direction l'hosto, petite ! Tu vas pas en plus me pondre ton mouflet sur mon gravier. C'est laquelle, ta clinique ?

— J'ai pas de clinique... Ramène-moi à Port-de-Bouc.

— Port-de-Bouc ? Tu connais pas un obstétricien à Montélimar ou à Poitiers ? Ça serait pratique, ça ferait encore plus loin ! Qu'est-ce que tu vas aller foutre à Port-de-Bouc ?

— Chez Paco, c'est ma seule famille maintenant...

— Ta seule famille ? Ce que tu peux être gourde, des fois !

Elise a entouré les épaules de la gamine de ses gros bras et l'a serrée contre elle, avec une tendresse folle. Félix n'a pas réalisé tout de suite, mais de toute sa vie personne ne l'avait jamais prise comme ça, avec autant d'amour. Elle s'est dit qu'un père devait embrasser ses enfants avec cette chaleur. Peut-être... Une mère aussi, sans doute. Elise était un bizarre mélange des deux.

Les deux femmes sont montées dans la petite voiture, Elise a démarré en trombe. La Twingo a quitté la traverse sur les chapeaux de roues, direction l'étang de Berre, puisque c'est chez les gitans que Félix voulait aller accoucher.

*
* *

Elise n'a pas dit un mot de toute la corniche. Elle a juste demandé à Félix si elle avait froid, d'un grognement. La gamine avait surtout très mal au ventre. Les vibrations de la voiture n'ont rien arrangé.

En redescendant l'autoroute du littoral vers Marignane, Félix a gambergé. Les lumières des raffineries qui se reflétaient sur l'étang de Berre donnaient au paysage un aspect féerique. Pour la deuxième fois, elle était dans cette petite voiture, avec Elise au volant. Le trajet était à peu près le même que lors de leur première rencontre. Comme la première fois, les odeurs de soufre l'ont perturbée. Comme la première fois, elle a longuement dévisagé sa conductrice. Félix était toujours aussi circonspecte sur la personnalité de cet étrange personnage.

Après quelques kilomètres d'un silence pesant, Félix a aperçu au loin les torchères autour de Port-de-Bouc, derrière l'immense pont autoroutier qui traverse le canal de Caronte à l'entrée de Martigues. Plus que quelques minutes à morfler dans la Twingo. Passé ce pont, elle retrouverait le campement avec sa troupe de bras cassés qui jouent de la guitare comme des manches et qui baragouinent des airs de flamenco dans un espagnol de cuisine.

Elise n'a rien relevé au sujet des guitaristes qui jouent comme des manches, perturbée par un chauffard qui la collait pleins phares allumés. Elle s'est contentée d'accélérer, poussant le moteur de sa Twingo à un régime déraisonnable. Le gêneur a coupé ses feux et s'est calmé. A l'entrée du pont géant, Félix s'est perdue dans la contemplation de la Venise provençale qui défilait loin dessous. Une contraction plus forte que les précédentes l'a fait crier de surprise. Elise lui a pris la main et l'a serrée dans la sienne, toujours concentrée sur sa conduite.

— On y est presque, Félix ! Tiens le coup.

Un appel de phare dans le rétroviseur l'a éblouie, Elise a râlé :

— Mais qu'est-ce qu'il me veut, ce Belge de malheur ?

Félix a fait le rapprochement. Trop tard. Elise n'avait pas réalisé que la Jaguar rouge les suivait depuis leur départ de la traverse, à Mazargues. Les deux femmes ont ressenti une violente poussée deux secondes plus tard, puis le choc frontal avec la rambarde du pont très peu de temps après.

*
* *

— Surtout ne bougez pas, mademoiselle !

Félix ne bouge pas. Félix est pétrifiée. L'avant de la voiture se balance dans le vide. Soixante mètres pile au-dessous d'elle, le canal de Caronte scintille de quelques reflets dorés. La Twingo est enserrée entre deux lames de ressort géantes, deux barrières de protection tordues par l'accident qui empêchent la voiture de tomber.

Coincée entre son siège plié et le tableau de bord vrillé, Félix a le regard rivé sur les derniers remous provoqués par le plongeon d'Elise. Les rambardes ont déchiré les deux côtés de la Twingo et explosé les vitres latérales. Le pare-brise avant a giclé, éjecté dans la collision. Elise est partie avec. Félix, retenue par sa ceinture de sécurité, a suivi la chute interminable de son professeur de chant. Le manteau léopard et la nuisette rose ont fait quelques circonvolutions puis Elise a disparu dans l'eau noire sans un bruit. Le vent s'engouffre dans l'habitacle, les appels des premiers témoins aussi.

— Vous nous entendez ? Vous nous entendez, mademoiselle ?

— Vous parlez à qui, Simon ?

Les deux fifres en costumes folkloriques sont plantés à quelques mètres du bord, bousculés par le vent. Ils ont garé leur minibus en catastrophe sur la bande d'arrêt d'urgence et n'osent pas s'approcher du trou béant d'où émerge l'arrière enfoncé de la petite Renault.

— Mademoiselle ?

— Y'a dégun dans la bagnole, Simon.

— Mais oui, René. Regardez devant !

— Vous êtes sûr, Simon ? Où ça, devant ?

Alors que d'autres voitures commencent à s'arrêter n'importe comment sur la passerelle, une Arlésienne d'âge mûr sort du minibus et rejoint les deux félibres, une main sur sa coiffe.

— Simon a raison ! Regardez, René. Il y a quelqu'un sur le siège avant.

— Retournez à la fourgonnette, Marguerite. C'est très dangereux, ici.

Le beau feutre noir de René s'envole.

— Ah, *merdo, lou capèu...* Mon chapeau... Merde...

— Tu vois que c'est dangereux, Marguerite. Tu risques de perdre ton châle. Rentre à la fourgonnette immédiatement.

René regarde avec affliction son chapeau faire du vol à voile vers Martigues, quelques centaines de mètres plus bas.

— Simon a raison, Marguerite. Vous devriez retourner avec les filles dans la fourgonnette.

Marguerite fait de la résistance. Les deux autres femmes en costumes provençaux sortent à leur tour du minibus et la rejoignent en caquetant. Le groupe folklorique « *Li Poulido Dansarello Arlatenco* » est réuni au grand complet, aux premières loges. Les filles embrayent :

— Vous êtes sûr qu'il y a quelqu'un dans cette épave, Simon ? Nous avons bien vu le conducteur passer par le pare-brise, non ?

— *Mi fagues pas caga !* Il y a quelqu'un, regardez !

Félix tourne la tête lentement vers cette troupe emmasquée et bruyante. Les clignotants orange des feux de détresse commencent à illuminer la passerelle à trois voies. Un morceau de grillage déchiré flotte au vent et vient taper régulièrement contre la carrosserie. Félix repense à ce métronome insupportable qu'actionnait Elise pendant les cours. Ce bruit l'agace. Elle ne comprend pas pourquoi le grand santon qui ressemble à la statue de Frédéric Mistral lui fait de grands gestes. Une contraction lui tord le ventre, elle envoie ses mains vers l'avant. La voiture tangue dans un grincement sinistre et glisse de deux petits centimètres de plus vers le vide, provoquant un mouvement de panique chez les fifres.

— *Nom de Diou !* Ne bougez plus ! *Ié vesèn rèn aqui...* On n'y voit rien !

Simon, en chef de troupe perspicace, prend l'initiative :

— René, vous devriez déplacer la fourgonnette pour éclairer l'épave avec nos phares.

Sur le pont, toute la circulation en direction de Fos et d'Arles s'arrête progressivement dans une pagaille dantesque. Les automobilistes abandonnent leurs véhicules au milieu de la chaussée pour venir voir. Deux routiers blasés assurent une signalisation d'urgence improvisée en amont, au bas de la rampe. Des accidents, ils en ont vu d'autres. Pendant que René fait quelques tours de roues prudents pour dévier les faisceaux des codes du minibus, Simon resserre sa taillole, enfonce son chapeau sur son crâne et fait un pas prudent vers le bord :

— Mademoiselle ? Surtout ne bougez pas, mademoiselle !

Marguerite se tourne vers ses coreligionnaires.

— Personne n'a appelé les pompiers ?

— *Es pas poulido, Margarido ?* Comment on aurait pu appeler les pompiers ?

Marguerite s'énerve :

— Avec un portable. Personne n'a un téléphone portable parmi vous ?

Le brouhaha de protestations est immédiat.

— Un téléphone portable, Marguerite, vous n'y pensez pas ! C'est un gadget pour les branleurs.

— Ce truc qui donne le cancer des oreilles ? Il faut être inconscient !

— Moi j'en ai un, mais je n'ai plus de batterie.

— Moi, j'en ai un mais j'ai dépassé mon forfait… De toute façon, j'ai pas le numéro des pompiers.

D'autres automobilistes se joignent au groupe folklorique en émoi. Tous se massent face à la Twingo alors que René passe des codes aux phares. La voiture accidentée apparaît enfin dans la lumière, en équilibre instable. Des ferrailles enchevêtrées retiennent par miracle ce qui reste de la Renault vert anis accrochée aux structures du pont.

— Ah, regardez ! Vous voyez bien qu'il y a quelqu'un à la place du mort !

— C'est ça, faites de l'humour, Simon…

— Ne bougez pas, mademoiselle, ne vous en faites surtout pas…

Le rayon de lumière illumine la gamine. Félix tourne la tête vers cette poursuite improvisée, une image resurgit dans son esprit embrumé. C'était quoi, le nom de ce dancing ? Le Zodiaque ? La seule fois de sa vie où elle s'est retrouvée sur une scène, un projecteur dans les yeux, face à son public. Son public ! Elle ne comprend pas très bien les réactions du public de ce soir. Au Zodiaque, ils voulaient tous qu'elle se foute à poil. Ici, ils lui crient tous de ne pas avoir peur.

Elle n'a plus peur de rien, Félix. Le dernier humain sur qui elle pouvait compter vient de disparaître dans l'eau saumâtre, soixante mètres plus bas. Le mistral fait onduler le tablier du pont, la carcasse de la Twingo frémit.

— Ne bougez pas !

— Les secours arrivent !

— Ils vont arriver, les pompiers… Ne bronchez pas.

La gamine sourit. Les pompiers ! Ils vont faire quoi, les pompiers ? L'empêcher de se précipiter dans l'eau glacée ? L'emmener vers la maternité la plus proche ? Lui demander de chanter une chanson de Lara Fabian ? Elle regarde son ventre coincé par le tableau de bord. Elle ne comprend pas bien. En partant de Mazargues, elle avait une pêche terrible. Maintenant, les idées noires reviennent à la charge.

— Mademoiselle ? Ça va ?

Question stupide. Elle n'est qu'à quelques centimètres d'une bascule définitive, coincée dans une épave en miettes, en train de perdre les eaux, en plein vent et seule au monde. Félix lève un bras pour faire un signe d'apaisement. Un craquement métallique glace d'effroi tous les témoins présents sur le pont. Une attache en ferraille lâche, la Twingo ripe de quelques centimètres de plus et se stabilise dans un bruit sourd, arrêtée comme par miracle sur ses roues arrière. Le dernier enjoliveur intact se détache et volette jusqu'au canal.

— Putain, mais ne bougez pas ! La voiture va tomber.

La voiture va tomber ? Mais c'est tout ce que je demande, moi. Qu'elle tombe, cette voiture.

Ce bruit infernal, ces fracas de tôles et ce cri épouvantable d'Elise disparaissant dans le lointain étaient bien un accident de bagnole. On a pris un coup terrible sur la tronche. Vinaigre ne s'en est pas remis. Il est dans le cirage complet, mon jumeau. Hein Vinaigre ? Je sens bien sa jambe qui frémit mais il est groggy. Moi-même ne suis pas en très bon état mais une fois de plus, c'est mon aîné qui a pris les coups pour moi. J'ai la tronche à l'envers, un mal de crâne épouvantable.

Les contractions sont de plus en plus rapprochées et les hormones affluent à grands flots.

Nous commencions à déraisonner avant l'accident, à oublier des pans entiers de cette cohabitation douloureuse. Le choc n'a rien arrangé. La voiture doit être en équilibre au bord d'une falaise ou accrochée à une grue. On flotte. Les horizontales et les verticales ont foutu le camp. Ma mère est en état d'apesanteur. Elle était confiante jusque-là, prête à aller accoucher de ses deux boulets chez ses potes les gitans. Vinaigre n'est plus suffisamment conscient pour lui dicter sa conduite. Et tous ces cris dehors ? Ma mère a simplement bougé le bras et j'ai senti l'univers basculer un peu plus.

C'est le moment ou jamais. J'ai le pouvoir. Si je suis encore en état de me concentrer. Pas vrai la grande ? On n'a plus rien à perdre, ici, tu sais. Notre père est mort, j'en suis sûr. J'ai senti ses vibrations disparaître d'un coup. Elise est partie aussi. Les princes charmants sont loin, ma mère. Ils ne sont pas près de revenir. Et c'est pas les gitans qui vont te faciliter la vie. Réfléchis, la grande. C'est le moment ou jamais de disparaître de ce monde de merde. Un geste, un seul et on dégringole.

Elle a compris. Elle se penche vers l'avant. On bascule… Je… C'est quoi ce choc ? Dehors, ils hurlent tous comme les passagers d'un grand huit emballé dans les couloirs d'un train fantôme. Ils lui crient de surtout pas bouger… Pas bouger, au pied. Les cons ! Elle était décidée, maintenant elle hésite. On a gagné un peu en gîte, mais la bagnole est toujours en équilibre au bord du vide. Vas-y, la grande. Fais-moi confiance ! Fais un…

— *Pas question, petit con !*

Aaaah… Merde, mon jumeau est de retour. Avec tout son pouvoir de persuasion. Notre mère vient de se pencher en arrière en hurlant qu'on la sauve de là. Les conseils fusent de toutes parts, dehors. Une sirène se rapproche. Avec la chance que j'ai, dans une heure elle est dans une clinique et dans deux heures on commence une vie de malheurs dans un univers de misère.

— *Eh oui, crapaud. Tu entends ? La cavalerie arrive pour nous délivrer. Je vais bientôt voir ta tête de nœud.*

C'est impossible. Impossible.

Impossible, bordel. Je veux pas… Je…

Félix était tendue comme un arc, toute sa masse appuyée vers l'arrière, les bras au-dessus de la tête pour faire contrepoids. Une contraction violente s'est déclenchée. Elle a serré les dents pour ne pas crier, ne pas bouger. Alors que le premier camion des pompiers arrivait sur place, se frayant un passage entre les voitures stationnées en bordel, Félix s'est pris un premier coup de pied dans le ventre. De l'intérieur. Un coup de pied rageur. Puis, rapidement derrière, un autre. Puis un autre encore plus violent. La douleur était trop vive, le réflexe a suivi. Un réflexe tout bête, primaire, le réflexe d'une mère attentionnée. Félix a lancé brutalement les deux mains vers son ventre pour calmer son bébé, pour le caresser. L'effet a été immédiat. Les derniers morceaux de ferraille qui maintenaient la bagnole en équilibre se sont disloqués. Les attaches de la rambarde ont sauté. Les cris d'effroi, les jurons en occitan et les klaxons deux tons des secours ont masqué le bruit de ressort qu'a fait la barrière de secours en relâchant son étreinte sur la Twingo. La petite Renault vert anis a basculé dans le vide, la chute a été terriblement longue pour tout le monde.

Félix a essayé de remettre un visage sur le prénom de Ludovic. Sans succès. Elle a revu le booster sur sa roue arrière, le flingue, les radios à transistor qui explosent dans la décharge de Septèmes, la Mercedes luxueuse traversant les champs gelés du Mâconnais et la gueule du pharmacien d'Amiens. La silhouette décomposée d'Arnaud de Roseval s'enfonçant dans l'eau glacée de Vilvoorde lui est aussi revenue à l'esprit. Très nette. Mais pour Ludovic, impossible.

Félix a essayé de se remémorer Geneviève, l'image d'Elise avec sa barbe grise dans sa nuisette décousue est remontée à la surface.

Félix a pensé à Céline Dion. Un travesti bouffi a aussitôt pris la place de la chanteuse canadienne. Il avait la figure de Meljibson' et la violait sur un bureau encombré de faux billets, de revues pornographiques et de C.D. de contrebande.

Félix a repensé à Fatima. Elle a visualisé Akim, son frère, en costume de P.D.-G., la bande à Kader en actionnaires influents dans un conseil d'administration au sommet d'un building, Omer Kurja en vendeur de journaux à la sauvette, le marchand de journaux de Kallisté en vieillard paralysé sur un fauteuil roulant et son fils trisomique en costume d'apparat, à la sortie d'une église le jour de son mariage. Fatima lui est enfin apparue, faisant un strip-tease sur la scène défoncée d'un dancing pour clandestins albanais. Elle était nue, toujours aussi niaise et épaisse mais avait gardé son voile.

Puis deux très belles femmes ont surgi devant elle. Deux inconnues. Elles lui ressemblaient beaucoup. Une lui souriait. L'autre lui tirait une gueule de six pieds de long. Félix aurait aimé en savoir plus sur ces deux créatures. Elle n'en a pas eu le temps. La Twingo a touché l'eau à ce moment précis.

EPILOGUE

— C'est miraculeux.

— Qu'est-ce qui est miraculeux, Mathilde ?

— Ces deux bébés, docteur. Ils sont superbes, vous ne trouvez pas ?

— Ils ne sont pas superbes. Ce sont deux bébés prématurés de huit mois.

— D'accord, mais quand même…

— Mais quand même, Mathilde. Deux fois deux kilos cinq, en apparente bonne santé. Il n'y a pas de quoi se gausser. Les couveuses de l'hôpital sont suffisamment performantes pour assurer la survie de deux prématurés de huit mois.

— Admettez, docteur ! Ils reviennent de loin, ces bébés-là ?

— Soit, Mathilde. Nous avons récupéré leur mère dans le coma. Mais le matériel de l'hôpital est suffisamment sophistiqué pour terminer un accouchement dans des conditions délicates. Vous avez fait Mme Sicard, à la chambre 13, Mathilde ?

— J'ai remplacé les perfusions de Mme Sicard il y a vingt minutes, docteur. C'est quand même mignon, ces petites choses !

— Ne vous attendrissez pas trop, Mathilde. Ce ne sont que des nouveau-nés, deux larves qui vont passer la majeure partie de leur temps à crier quand elles auront sommeil et à hurler quand elles auront faim.

— Quel dommage ! Démarrer dans la vie sans maman et sans papa, drôle de handicap…

— Vous êtes vraiment trop sensible, Mathilde. Vous pourrez prendre la tension de l'Arabe de la chambre 26. Je sens qu'elle va nous causer galères sur galères, celle-là. La péridurale est mal barrée.

— Quand même ! Elles sont trop trop mignonnes, ces deux jumelles !

— Bof ! Mignonnes… Deux charges de plus pour l'assistance publique, surtout. Nous n'avons fait que notre devoir, Mathilde. Nous avons pu sauver les deux filles, nous n'avons rien pu faire pour la mère.

— Vous avez remarqué, docteur ?

— Quoi, Mathilde ?

— On dirait qu'il y en a une qui sourit et l'autre qui fait la gueule.

— Enfin, Mathilde ! Comment voulez-vous qu'à cet âge, ils puissent exprimer le moindre sentiment ?

— Regardez, docteur ! C'est pourtant bien l'impression qu'elles donnent…
— Mathilde, vous devriez arrêter de vous faire tout ce cinéma.

fin

CRÉDITS DES CHANSONS CITÉES

« Franchir les nuages » & « Pour lui crier… »
par Alvina Stuart
paroles : Philippe Carrese
musique : Philippe Carrese & Philippe Troisi

« L'addition » *par Adriana Oxbus*
paroles : Philippe Carrese
musique : Philippe Carrese & Olivier Stalla

« Mon désir que je t'ai fait pour là ! »
par Clarisse Worx
paroles : Philippe Carrese
musique : Philippe Carrese & Raphaël Imbert

« Largue ta complexité… (et laisse s'exprimer ta féminité) » *par Alizay M.*
paroles et musique : Philippe Carrese

« Ma déraison » *par Astrid Sharco*
paroles et musique : Philippe Carrese
arrangements : Olivier Stalla

« Terrasse d'amour » *par Sonia Vauban*
paroles : Philippe Carrese
musique : Philippe Carrese & Philippe Troisi

« Divin » *par Lorella Ardy*
paroles : Philippe Carrese
musique : traditionnel provençal
arrangements : Philippe Carrese

Impression réalisée sur CAMERON par

BUSSIÈRE CAMEDAN IMPRIMERIES

GROUPE CPI

à Saint-Amand-Montrond (Cher)
en janvier 2002

Médiathèque
de Guidel

FLEUVE NOIR
12, avenue d'Italie
75627 Paris Cedex 13
Tél. : 01-44-16-05-00

— N° d'imp. 020151/1. —
Dépôt légal : octobre 2000.

Imprimé en France